D'innombrables soleils

DU MÊME AUTEUR
AU **CHERCHE MIDI**

Today we live, 2015.
De profundis, 2016.
Loup et les hommes, 2018.

Roman

Emmanuelle Pirotte

D'innombrables soleils

cherche midi

Héro et Léandre de Christopher Marlowe est traduit et présenté par Claude Dandréa, La Différence, 1989.

L'extrait de *Thyeste* de Sénèque (page 232) est traduit par Florence Dupont, *Théâtre complet,* Actes Sud, 2012.

Vous pouvez consulter notre catalogue général
et l'annonce de nos prochaines parutions sur notre site :
www.cherche-midi.com

Directrice de collection : Marie Misandeau

Couverture : Mickaël Cunha

30, place d'Italie
75013 Paris

Mis en pages par IGS-CP
Dépôt légal : août 2019
ISBN 978-2-7491-6226-3

Au soir du 30 mai 1593, en l'auberge de la veuve Bull, à Deptford, district de Lewisham, Londres, le dramaturge Christopher Marlowe a été retrouvé assassiné. Aujourd'hui encore plusieurs historiens, spécialistes du poète, envisagent que Marlowe ne soit pas mort à cette date, et favorisent la thèse d'un corps de substitution.

Fifteen minutes with you
I wouldn't say no,
Oh people say that you were virtually dead
And they were so wrong.

The Smiths, *Reel Around the Fountain*

Mon amour, as-tu soif ?
Je suis femme à tes lèvres plus neuve que la soif.

Saint-John Perse, *Amers*

Septembre 1593,
quelque part dans le Dorset

De la fenêtre de la chambre, j'observe les ravages du vent violent. Une grosse branche du vieux pommier est cassée, le noisetier semble sortir d'une longue séance de torture, des roses à peine écloses gisent sur le sol détrempé. Tu arrives comme un général d'armée, suivie de May, brave soldat ployant sous le poids des outils de jardinage. Je te vois relever tes cottes et t'activer pieds nus dans la boue. Ton derrière s'offre, gonflé par les couches de tissu, effronté, affairé comme un insecte qui butine, alors que tu te penches pour redresser les tiges encore intactes et les attacher aux branches robustes avec de la ficelle. Tu effectues chaque geste avec une ferveur de vestale.

Te découvrir jour après jour est un phénomène bouleversant, qui préserve la splendeur terrible de la première fois. Cette nuit où tu apparus dans ma vie me semble aujourd'hui appartenir à un passé très lointain. L'homme que j'étais à l'époque me fait l'effet d'un jeune frère mal dégrossi, pauvre ignorant qui n'avait pas encore entendu le chant de la Sibylle. Ton chant, vaste et profond comme la nuit.

Notre temps touche à sa fin. Cela aussi est annoncé dans ton chant, mais tel l'oracle effrayé par sa propre puissance divinatoire, tu refuses d'accepter le message que les dieux font courir dans ton être.

Ta jupe te gêne, alors tu l'attaches plus haut encore, dévoilant tes genoux. Ce n'est pas grand-chose, cette vision de ta peau dénudée maculée de boue, et pourtant cela me déchire, fait hurler quelque chose en moi que je ne parviens toujours pas à nommer, à comprendre, à apprivoiser. Te voici redressée, les mains sur les hanches, bien campée dans la terre, le regard porté loin par-delà les haies et les champs, vers la mer et le ciel menaçant que tu tiens en respect. Tu sembles toujours défier ce que tu embrasses du regard. Tu exiges ta pleine moisson de la vie. Et tu as raison. Elle ne donne qu'à ceux dont l'appétit est féroce.

Je t'imagine dans vingt ans, trente ans, ici ou ailleurs, debout au milieu de tes fleurs. Je devine ton derrière plus humble et plus tranquille, tes mains qui tremblent un peu, ton œil délavé, ta peau fleurant le fond des vases où ont traîné des lys depuis longtemps fanés. J'aime cette vieille femme-là. Je l'entends rire. Je l'aime peut-être davantage encore que celle qui se dresse, fière et forte, dans le vent qui se lève. Tu es mon très vieil amour.

Cesse donc d'invectiver la pauvre servante, laisse là tes roses mortes et tes cisailles ! Regarde-moi maintenant, retourne-toi et lève la tête, plante tes soleils noirs dans mes yeux, souris-moi, voilà, c'est bien, monte à présent, attire-moi dans ton antre aux prodiges et aime-moi.

1

Juin, trois mois plus tôt

Son crâne est le siège d'une intolérable douleur. Il lui semble qu'une horde de rats affamés y fourragent sans répit. L'odeur du sang qui s'échappe de la blessure à la tempe lui donne la nausée. Cela suinte à travers le turban qui enveloppe sa tête. Éveillé en pleine nuit et incapable de se rendormir, il a erré à travers le manoir assoupi. L'aube s'annonce derrière la vitre de la salle à manger, nimbe d'or pâle les contours des meubles, définit lentement l'espace autour de lui. Il entend des pas claudiquant dans l'escalier, entrevoit la silhouette d'une servante ; elle traîne une patte folle d'une pièce à l'autre, concentrée, effectuant les gestes coutumiers avec précision, économisant ses forces dans l'obscurité qui semble encore la disputer au sommeil. Quand elle le découvre assis près de l'âtre, elle pousse un cri d'effroi, lâche son seau de cendres et sa pelle, puis disparaît dans l'escalier. Il se lève, traverse la poussière bleutée en suspension, sort dans la cour intérieure encore plongée dans la nuit, et urine contre un mur. Un long jet clair et puissant sort de son sexe transi. Il est encore vivant.

Il en avait douté durant le trajet depuis Londres, bringuebalé au rythme d'un trot rapide, à demi-conscient, glissant parfois le long du flanc de l'animal trempé de sueur, rattrapé de justesse par Walter qui chevauchait à ses côtés. À un moment, il s'était éveillé assis devant Walter, et il avait pu se laisser aller contre son torse, sans faire d'effort pour résister à la torpeur. À part cela, il n'avait aucun souvenir des heures qui avaient précédé leur arrivée au manoir. Il ne gardait que la sensation et le bruit des trombes d'eau qui se déversaient du ciel noir. Et soudain tout s'était éclairci. Elle était là. Elle était posée là, dans la pénombre mouvante du hall. Silhouette menue aux pieds nus, blanche et lumineuse. Un murmure était sorti de sa gorge ensommeillée. Il avait fait deux pas vers elle ; l'odeur de son corps chaud à peine sorti des draps l'avait affolé.

Walter avait prononcé son nom, Jane, et avait encore dit quelques mots qui s'étaient perdus dans les hauteurs obscures du plafond, derrière les trophées de chasse et les tapisseries, s'étaient envolés dans l'âtre et dans la nuit. Il n'entendait plus rien, il n'avait que ses yeux pour contempler ce que le clair-obscur lui révélait d'elle : son regard, ténébreux et cerné, sa peau presque translucide, les mèches noires brillantes qui dépassaient de la coiffe et serpentaient le long de ses joues. À ses côtés se tenait un énorme chien au pelage fauve. Il émit un grondement sourd, répondant à ceux du ciel, au gémissement du vent dans les cheminées, aux craquements furieux des charpentes qui évoquaient un navire en souffrance. Elle se tenait immobile au milieu de ce déchaînement, telle une figure de proue, une promesse de salut au naufragé qu'il était. Une rafale s'engouffra dans l'âtre et les flammes dansèrent ; le regard de la jeune femme s'embrasa comme un lac de poix au contact du feu grégeois, puis elle disparut derrière une porte basse, suivie de son gardien monstrueux.

À cet instant précis où elle s'évanouit, il sut pourquoi il était vivant. Pourquoi on ne l'avait pas assassiné dans la chambre de cette maison de Deptford ; pourquoi la dague de Frizer n'avait fait qu'entailler sa tempe, au lieu de lui crever l'œil, ou de lui percer le cœur, comme cela devait se produire. La mort ne voulait pas de lui. Parce que Jane existait et qu'il ne la connaissait pas encore.

Chaque minute de vie est un sursis. Un excédent gracieusement offert par le destin. Hier encore, il aurait pu croire que c'était un signe, une preuve qu'il était élu, choisi pour délivrer au monde la quintessence de son génie, l'œuvre ultime, qui l'introduirait au panthéon des poètes pour l'éternité. Il aurait ri de sa fatuité, mais une part de lui aurait pris cette idée très au sérieux. À présent il sait. Le monde n'attend rien de lui, rien de plus ou de moins que ce qu'il a été capable de donner. Le monde s'en fout.

Il emploiera ces battements de cœur supplétifs à goûter à cette femme, à ce fruit d'une espèce qu'il connaît sans la connaître. Une espèce qui ne lui a jusqu'ici inspiré qu'un vague mépris, au mieux une indifférence bienveillante. Il a possédé des femmes. Pas très souvent. Excepté Polly, la gentille putain qu'il prenait par-derrière dans le noir quand ça manquait d'hommes. Pourquoi aurait-il perdu son temps avec des créatures incapables de le combler ? Jane est différente. En quoi, il n'en sait encore rien. L'est-elle vraiment ? Ou bien s'en persuade-t-il parce qu'il accepte difficilement d'être tombé sous le charme d'une femme ? Et si en la retrouvant ce matin il n'éprouvait plus rien pour elle ? Si le sort avait été levé ?

Les rats à l'intérieur de sa tête semblent rassasiés. Il peut penser un peu, au lieu d'être contraint de ne pouvoir que ressentir, les odeurs, la lumière, la douleur, la combustion, cette chose indicible qui le possède depuis qu'il a aperçu Jane, cette chose qu'il identifie mal.

Il prend conscience que l'on s'agite dans la maison. Une silhouette insolite vient de pénétrer dans le salon. C'est un valet efflanqué qui se déplace vers lui en donnant l'impression d'être entraîné ailleurs. Ses jambes semblent ne pas répondre à sa volonté, et le font glisser sur le côté à la manière d'un crabe. Ou bien est-ce encore un effet de son délire ? Le valet est soudain près de lui ; il propose de le ramener à sa chambre. Marlowe comprend qu'il gêne les activités domestiques. Il prend son temps pour se lever, et manque de tourner de l'œil, tant l'odeur de chair mal lavée du serviteur est puissante. Il n'est pas très franc sur ses jambes et doit malheureusement s'appuyer sur le bras tendu et malodorant. Il monte l'escalier comme un vieillard, une marche après l'autre, lentement et, arrivé à l'étage, demande son nom au valet. Feargod, lui répond celui-ci. Marlowe le fixe un instant, incrédule, puis lui tape sur l'épaule avec sollicitude.

Aussitôt dans la chambre, il s'affale sur le lit et donne son congé au serviteur. Feargod... Qui appelle son fils Feargod ? En songe, le valet lui apparaît, dérivant dans une nuit opaque, sans étoiles, un espace vide et obscur ; il lève la main et le bénit, la mine sinistre. De ce même éther surgit un homme attaché à un chevalet. C'est Thomas Kyd. On l'écartèle et il pleure. Il gémit : « Je vous ai déjà dit tout ce que je savais. Je jure, je jure, je jure, pitié !... », et ses mots se transforment en une longue plainte. Marlowe s'éveille en nage, hors d'haleine. Il lui semble avoir crié lui aussi. Pauvre Kyd. Est-il sorti de prison ? Et si oui, dans quel état ?

Le texte contre la Trinité, trouvé dans les papiers de Kyd, lui appartient ; son ancien colocataire n'a pas menti. Pas plus qu'en déclarant que Marlowe avait évoqué des rapports équivoques entre le Christ et l'apôtre Jean ; cela, il ne l'avait écrit nulle part mais plutôt beuglé à la cantonade, en titubant et la voix pâteuse. Kyd n'a rien inventé. Il avait dit cela, lui, Marlowe. Les mots exacts étaient : « Le bienheureux Jean a pris la bite de son Seigneur dans le cul. » Au-delà de la provocation, du plaisir pris à voir la tête des gens changer de couleur, le pensait-il ? Se pouvait-il que Jésus ait aimé Jean charnellement ? Pourquoi pas ? Qu'est-ce qui prouvait le contraire ? Ou étaient-ce ses propres fantasmes qu'il projetait sur l'homme-dieu dont le corps en croix avait hanté ses rêves d'enfant ? Ce corps venait encore étendre ses bras noueux au plus profond de ses nuits sans sommeil ; il l'invitait à le rejoindre, lui offrait son étreinte avec une sorte de pitié languide, et son regard creux l'interrogeait : « Pourquoi m'as-tu renié ? » Et il lui répondait : « Mais tu n'es qu'un homme, l'as-tu oublié ? Ou bien crois-tu à ta propre mystification ? »

Il avait donc énoncé cette énormité, et bien d'autres que Kyd et toute une ribambelle de bavards avaient sans doute rapportées. Sa vie entière l'accusait et le vouait à disparaître : ses pièces, ses amitiés, ses amants, ses excès, ses pensées, ses magouilles, les secrets dont il était dépositaire.

Depuis quelques mois, il s'éveillait chaque matin surpris de se sentir vivant. Une pensée folle le traverse : et si Frizer n'avait pas raté son coup à Deptford ? Si ce qu'il vivait depuis deux jours n'était que le songe d'un mort ? Un dernier et ultime orgasme de son imagination ? Si c'est le cas, il ne veut plus de la vie. Il veut s'enfoncer jusqu'à la garde cette dague qui le projette auprès de Jane. L'image mentale de la jeune femme s'impose et lui inflige un violent haut-le-cœur, comme lorsqu'en rêve on fait une chute et que l'on s'éveille juste avant de percuter le sol. Sa tempe droite semble se déchirer. Les élancements sont soudain si atroces qu'ils lui font perdre connaissance.

2

À son réveil, il trouve une lettre sous sa porte.

Monsieur,

Je vous demande pardon pour mon intrusion tout à l'heure. Je m'en veux de vous avoir donné cette frayeur, après ce que vous avez enduré avant d'arriver chez nous. Je voulais m'assurer que vous étiez bien vivant. Quand je vous ai vu apparaître cette nuit dans le hall, j'ai eu le sentiment de me trouver devant un spectre, tant votre teint était livide et votre attitude entière aussi étrange et évanescente que ce que l'on voit chez ceux qui se trouvent trop près de leur fin. J'ai été bien heureuse de me rendre compte qu'il n'en était rien, que votre personne était toujours, et assez furieusement, animée par le souffle vital. Je comprends fort bien votre réaction à mon encontre et ne vous en veux pas. La mort ne vous a pas pris. Mais je sais qu'elle vous guette ; elle peut se cacher n'importe où, derrière le regard le plus ouvertement bienveillant, dans le geste qui aurait l'apparence de la plus grande tendresse. Le mien ne feignait pas, et j'ai voulu contempler vos traits par sain intérêt, et avec une sincère sollicitude. Car sachez, Monsieur, que vous êtes ici le bienvenu, aussi longtemps qu'il vous plaira, ou qu'il sera nécessaire de vous faire oublier.

Votre dévouée,
Jane Bilbury

Que s'était-il passé ? Il se concentre, retrouve la sensation de la lumière qui baisse, entravée par un corps penché sur lui. Une main sur son front… Son cœur avait fait un bond dans sa poitrine, ses doigts s'étaient crispés sur la dague cachée sous le matelas. Il se voit couché sur Jane, pointant l'arme contre sa gorge. Deux gouttes de sang perlent sous son menton, son haleine est sucrée, son abdomen tendu sous le sien. Il aurait pu la tuer. Il aurait pu la baiser. L'avait-il fait ? Sans doute que non, compte tenu de son état, et de la lettre. Bien que « furieusement animé par le souffle vital » puisse avoir un certain sens… Il s'en serait souvenu, quand même. Il hume ses propres odeurs, tentant d'y déceler celle de Jane ; il traque l'effluve de chair endormie qui l'avait bouleversé la veille.

Il ne l'a pas touchée, autrement qu'en la blessant. Il relit la lettre. Il aime son rythme, le ton ironique et tendre à la fois. Il y a une familiarité presque physique tapie derrière les mots. Du moins aime-t-il à le croire. Sa vue se brouille. Il se lève péniblement, titube jusqu'au miroir, s'aperçoit qu'on a changé son pansement, retourne au lit. Il voudrait dompter son corps en souffrance. Il accepte volontiers d'être la victime consentante de tout ce qui est susceptible de lui donner du plaisir, même s'il faut en passer par la douleur. Mais il déteste être l'esclave de ses sens quand ils ne lui infligent que supplice.

Il n'a jamais beaucoup souffert dans sa chair. Et tout ceci est une expérience inédite. Il est surpris par les tours que peut jouer l'esprit dans un corps dévasté. Voici Thomas Kyd qui revient sur son chevalet de torture. Il a les jambes et les bras anormalement longs. Il se lève, les agite dans tous les sens comme un enfant fier d'un nouveau jouet. Marie Stuart vient le rejoindre et prend la main qui pendouille au bout de son bras mou. Elle fait à Kyd une profonde révérence, sa tête tombe et deux petits chiens s'enfuient de sous ses jupes. Il s'attend à voir le traître Babington et ses complices contempler les tripes qui s'échappent de leur ventre. Est-ce le défilé des êtres qui sont morts ou ont souffert par sa faute ? Qu'ils viennent donc, il les recevra de bonne grâce, si c'est ce que veut son cerveau en surchauffe. C'est sans doute le prix à payer pour avoir joué à l'espion. Et voici la longue figure de Walsingham au regard pénétrant.

Il avait pris beaucoup de plaisir à travailler pour Walsingham. Au début, il avait détesté le bonhomme. Son austérité, sa froideur. Il n'avait d'abord pas compris les motivations profondes du vieux. Son dévouement maladif à la reine le mettait mal à l'aise. À présent qu'il était mort, on commençait à appréhender son œuvre, immense, visionnaire ; une œuvre qui avait miraculeusement maintenu en vie Élisabeth, et qui avait définitivement changé le visage de l'Angleterre. Marlowe avait été un pion dans cet échiquier mis en place par Walsingham. Il en éprouvait de l'orgueil, et se méprisait pour cela. Qu'avait-il fait ? Entretenu des rumeurs, répandu des mensonges, passé des messages vers la France, la Hollande, l'Écosse. Des choses importantes, pensait-il à l'époque. Il avait fréquenté de grands personnages, mais en fin de compte, qu'est-ce que leur compagnie lui avait rapporté ? Quelques discussions échauffées et finalement assez oiseuses sur l'art, le Nouveau Monde, Dieu ; des étreintes dans des draps propres, l'un ou l'autre bijou, des vêtements, des armes de prix, des babioles qu'il affectionnait autant qu'une femme. Mais toujours, et malgré son intelligence et son talent, il était resté le fils de cordonnier, le garçon accepté de justesse à la King's School de Canterbury, parce qu'un gosse de riche avait préféré aller se remplir la tête ailleurs ; Marlowe n'était qu'un boursier de Cambridge, dépendant d'une somme minable qui n'aurait pas suffi à entretenir un bon cheval.

Il avait anticipé sa fin. Disons qu'il aimait à le penser. Il n'avait que vingt ans quand il avait été recruté, séduit par la perspective de l'aventure, par l'argent. Et surtout, surtout, par la proximité du pouvoir, du vrai, pas son apparence, pas son vain avatar luisant sournoisement dans les feux des pierres précieuses, dans une danse un peu sensuelle au bras de Celle qui faisait et défaisait les destinées. Walsingham n'avait jamais dansé avec sa reine, n'avait jamais humé l'odeur aigre de sa peau sous les poudres, senti palpiter son cœur usé, attendu que naisse une amorce de sourire sur sa bouche cariée. Marlowe les avait pourtant souvent imaginés, sérieux comme des puritains, tout raides, enlacés au rythme d'une gaillarde trop gaie, tourbillonnant sans pouvoir s'arrêter, jusqu'à la fin des temps.

Walsingham tenait Élisabeth tout entière en son pouvoir, car il était le seul qui ne lui voulait aucun mal. Marlowe les avait vus ensemble à plusieurs reprises. Elle, droite et glacée comme une gisante de pierre qu'on aurait redressée ; impassible, mais tendue en dedans, chaque fibre d'elle reconnaissante pour la vie préservée par lui, l'homme de l'ombre. Lui, courbé et attentif au moindre mouvement sous la pierre, au plus infime battement de cils ; lui, tout-puissant et pourtant feignant la soumission et la crainte. C'était un jeu extraordinaire qui se déployait là, une pièce plus terrible, plus fascinante que toutes celles que lui, Marlowe, écrirait jamais.

Il entend des pas, sent du mouvement autour de lui. La vieille servante est venue lui poser des compresses froides. Il est tellement brûlant qu'il pourrait mettre le feu au linge. Une fois la vieille sortie, il tente de rester conscient, se lève et va à la fenêtre en maintenant le tissu humide sur son front.

Des collines parsemées de bruyère moutonnent jusque loin, se fondent en courbes bleues dans un ciel orange. Il sent la mer proche, mais ne la voit pas. Le manoir est cher à son cœur ; il s'y est toujours senti bienvenu, en sécurité. C'est un édifice élégant et de taille parfaite, dont le grand hall trahit un peu trop la récente fortune et l'ascension sociale des Bilbury. Il y a aussi, au deuxième étage, une vaste et merveilleuse galerie, dont la voûte en berceau de calcaire blanc est délicatement sculptée de pampres sur toute sa longueur. C'est la galerie des portraits, lui avait déclaré Walter avec orgueil la première fois que Marlowe avait été invité au manoir, alors qu'ils venaient de se rencontrer à l'université.

Mais l'immense espace ne contenait que cinq tableaux, un pour chacun des membres de la famille : les parents, Walter et ses deux sœurs ; et Marlowe de suggérer que les portraits d'ancêtres manquants fussent remplacés par ceux de domestiques déguisés ; après tout, rien ne permettait a priori de distinguer un homme du commun d'un gentleman, et il n'y avait pas trente ans, le grand-père de Walter gardait encore des moutons. Ils s'étaient battus et Walter l'avait traité de jaloux, ce qu'après tout il était sans doute.

Il se rappelle ce séjour autour de Noël. Il a encore en bouche le goût du plum pudding très épicé, en mémoire le sourire de la mère de Walter, gourmand comme le pudding. Et le houx, les chants, les rires, la messe dans la chapelle du manoir, sous le châtaignier. Il régnait là une atmosphère de bienveillance et de gaieté qu'il avait rarement rencontrée. Walter et lui avaient chevauché le long de l'eau, s'étaient enlacés à l'abri des rochers ; la bouche de Walter était charnue et rouge, ferme et chaude. Il ne pourrait plus jamais embrasser Walter comme il l'avait fait ce jour-là.

On frappe à la porte. Deux coups brefs et autoritaires. C'est elle. Il jette un coup d'œil à son reflet dans le miroir, il est à faire peur. Il se débarrasse de la compresse, se passe une main moite sur le visage et dit « Entrez ». Elle apparaît. Vêtue d'une robe couleur cerise, toute brodée de fines torsades noires entrecroisées, qui forment un filet léger aux dessins symétriques, semblable à une toile d'araignée. Ses cheveux sont enveloppés dans un turban rouge, comme en portent les Turcs. Elle ferme la porte derrière elle et donne un tour de clef. Une sorte de panique s'empare de lui. Tendue et livide, ne paraissant guère plus à l'aise, elle s'avance, sans un mot. Elle semble glisser pour le rejoindre, et la toile de torsades s'anime avec elle, fourmillant dans le bouillonnement de ses jupes, autour de sa taille étroite et jusqu'au bout de son bras mince qu'elle lève vers lui. Il a l'impression que l'ornement arachnéen va se mettre à ramper vers son propre corps. Elle pose une main ferme sur sa nuque, attire son visage vers le sien et prend sa bouche. Il entend l'aboiement du chien en bas, la voix de la vieille servante qui intime à la bête de se taire, puis plus rien.

3

Le soir, il se traîne à table. La voix de Jane lui parvient assourdie, comme venant de très loin ; elle parle à Walter :

« Je ne te remercierai jamais assez de nous avoir apporté monsieur Marlowe. »

Elle a dit ça comme s'il était un meuble, ou un panier de poires. Cela le fait sourire. Il se souvient de sa langue fébrile, de ses mains sur lui. Elle s'était enfuie juste après ce profond baiser, le laissant fiévreux et contrarié, mais trop faible pour regretter son départ.

« Ah, Kit, ma femme ne jure que par toi depuis qu'elle a vu ton *Édouard II* ! »

Ce surnom tendre et un peu idiot, prononcé par Walter, le ramène violemment en arrière : Cambridge en hiver, les ruelles venteuses résonnant de rires et de cris, les chambres glaciales où l'on murmurait jusqu'à l'aube, et la joie d'être au monde, de se sentir implacablement jeune et en vie. Un mot de Jane le sort de ses souvenirs. *Édouard II*… Marlowe se souvient que Walter était en effet venu furtivement le saluer et le féliciter après la représentation, mais de sa femme, pas la moindre trace.

« Ma seule bonne pièce, s'entend-il répondre, sans qu'il sache s'il fait preuve de sincérité ou du désir infantile qu'on lui dise le contraire.

– Vous oubliez *Faust* », dit Jane, enjouée.

Il sent les muscles de son visage se contracter. La mégère donne-t-elle un avis sincère ou dit-elle cela par provocation ? Il ouvre la bouche pour répondre, les joues en feu. Walter le dévisage avec attention, mais aucun mot n'est prononcé. Marlowe se cale, sombre, au fond de sa chaise. Et voilà qu'elle lui assène :

« Vos tragédies manquent de femmes, monsieur Marlowe. »

Que répondre ? Elle a raison. Mais elle n'en a pas fini, comme l'indiquent ses sourcils froncés et son air méditatif.

« Enfin, ce que je veux dire, c'est qu'elles existent à peine, on dirait des poupées que le sort ou les hommes manipulent à leur gré.

– C'est peut-être regrettable, mais c'est la réalité, je le crains, répond-il, méprisant.

– La réalité de quoi ? De leur nature ? de ce que le monde attend d'elles ? de ce que *vous* pensez d'elles ? »

Dieu qu'elle l'agace avec ses questions qui ont tout l'air du *Sermon sur la montagne* ! Il ne sait plus quoi lui répondre, il s'en fout d'ailleurs, de ce qu'elle pense des femmes dans son théâtre, si elles existent ou pas, qu'elle le laisse tranquille ! Comment peut-on tourmenter ainsi un convalescent ?

Et Walter, là, qui ne dit rien, qui ne vient pas à sa rescousse, et écoute et observe, l'air amusé.

« Monsieur Marlowe ? »

Voilà qu'elle s'impatiente. Il soupire, porte lâchement la main à son front, arbore une mine souffrante.

« Bon, je vois que mes questions vous ennuient, ou vous embarrassent... Pardonnez-moi. »

Marlowe lance un regard à Walter qui signifie « Fais taire ta femme ». Mais Walter hausse les épaules avec un sourire, pose la main sur celle de Jane, et dit :

« L'imagination de Christopher est sans limites. Elle compensera aisément à l'avenir sa méconnaissance du beau sexe. »

Jane n'apprécie pas le commentaire de son mari, comme l'indique la manière brusque dont elle retire sa main de sous la sienne. Elle se penche et approche son visage tout près de celui de Marlowe pour lui demander, presque en chuchotant :

« Savez-vous qui veut votre mort ? »

La question l'épuise autant que les précédentes.

« J'ai une vague idée.

– Vous serez en sécurité ici », dit-elle en sauçant son pain dans le plat devant elle avec gourmandise. « Walter est si transparent, il prend si peu de place que j'en viens parfois à douter de son existence. Il ne connaît personne et personne ne le connaît. En somme, vous habitez chez personne. C'est bien commode quand on doit se cacher. »

Cette remarque ne lui plaît pas. Jane prend tendrement la main de Walter et l'embrasse avec beaucoup de complicité.

Et ce geste l'exaspère encore plus. Il se racle la gorge et repousse son assiette. Il n'a presque rien mangé. Elle le remarque et lui demande :

« Vous êtes contrarié ? »

Il ne répond rien, mais soutient son regard.

« Ne le soyez pas. C'est un compliment que je fais à mon mari. Je lui suis très reconnaissante de ne pas se mêler du monde. Il préfère les moutons, qui ont l'avantage de ne pas le décevoir. Nous vivons ici tels des reclus, pour notre grand bonheur. »

Dis plutôt que tu l'as emprisonné dans ce trou perdu, que tu lui as arraché un bon morceau de cervelle, et sans doute aussi les couilles ! Il se souvient qu'il est l'hôte de ces gens, l'obligé de Walter. Alors il se contente de dire :

« Walter était un étudiant brillant, bien meilleur que moi. Il avait de la naissance, de l'argent…

– De l'avenir, interrompt Jane. Il aurait dû faire une carrière à la cour, ou dans la meute de chiens pisteurs élevés par Walsingham. C'est ce que vous pensez ? Regardez où cela finit… »

« Entre tes cuisses », a-t-il envie de lui répondre, et c'est sans aucun doute ce qu'elle lit dans son expression. Elle le nargue de ses grands yeux en amande. Il remarque pour la première fois leur teinte indéfinissable, d'un noir profond sur le bord de l'iris, jaspé de minces éclats jaunes au centre. Des yeux rares. Il a soudain envie de la coucher sur la table et de la pénétrer, là, devant Walter, devant la servante et le valet, devant la terre entière. D'entrer en elle à la barbe du monde. Pour la faire taire ? Pour lui faire ravaler ses propos sur ses pièces ? Pour lui apprendre ? Quoi, le respect ? Pour l'instruire, lui intimer de rester à sa place de femme, de se contenter de commenter le temps qui s'est apaisé, les dents cariées de la reine, la beauté de l'épouse de Raleigh ? Ou parce que, très intimement, très profondément, il a l'impression que c'est ce qu'elle désire, elle aussi ? Mais non, il ne sait rien d'elle. Il ne la connaît pas. À vrai dire, Walter a raison, il ne connaît bien aucune femme. Il ne sait pas interpréter le regard que Jane lui offre. Et cela le met en colère et l'excite en même temps. À quoi joue-t-elle ? Il a aimé cette femme à la seconde où il l'a aperçue, et il était certain quelques heures plus tôt qu'elle a éprouvé la même chose. À présent elle se moque de lui.

Mais qu'est-ce donc qui provoque en lui cette déferlante d'émotions au contact de cette petite créature insaisissable et insolente ? Elle n'a même pas l'air d'un homme ! Rien de masculin en elle, rien qu'une féminité exacerbée au contraire, qui s'impose et triomphe sans merci, se donne sans réserve. Elle n'échappe même pas aux traits prévisibles de ses semblables : cette alternance si banale de sincérité et de coquetterie, de rondeur et de tranchant. Cette modestie affectée dans le regard, alors qu'en elle bout un torrent d'arrogance. Qui est-elle pour juger de la valeur d'une œuvre théâtrale, de n'importe quelle œuvre en général ?

Il s'arrache à ses yeux de chatte et reporte son regard sur Walter, à présent tout entier dévolu au décorticage de sa caille. La vieille servante entre. Elle débarrasse la vaisselle sale en marmonnant pour elle-même. Quand elle lui avait apporté des compresses le matin même, il avait eu l'impression qu'elle ne le voyait pas. Elle avait déplacé quelques objets en parlant toute seule, se fendant parfois d'un sourire égaré. Et puis le valet puant nommé Feargod était apparu pour l'aider à s'habiller. Celui-là était encore plus fantomatique que les autres. C'était la maison des spectres ; elle vous rendait aussi invisible que l'air. Seule Jane y rayonnait comme un millier de chandelles dans une chapelle ardente.

Quand il tente de comprendre ce qui le séduit chez elle, il sait au moins ceci : Jane est intensément vivante. Il ne lui est pas souvent arrivé d'être en présence de personnes qui possèdent cette vibration, cet excédent de vie. Et généralement les êtres qui en sont pourvus sont des hommes. Il n'a jamais observé cela chez une femme autant que chez elle. C'est affreusement dérangeant. Cela n'a rien à voir avec la santé, l'apparence physique, l'esprit ou l'âme, même si la beauté et la vitalité de ces quatre éléments participent de cette force brute. C'est quelque chose pour lequel il n'y a pas de mot dans les langues qu'il connaît, et que la nature distribue entre les humains de manière parfaitement aléatoire, semble-t-il, ou équitable, puisqu'elle opère sans distinction de naissance, de fortune, de qualités morales. La nature a fait don à Jane d'un surplus d'incarnation, d'une matérialité incomparable, puissante comme celle d'un rocher, mais vibrante, mouvante comme la mer.

Après le repas, ils s'installent devant l'âtre. Jane lit pendant que Walter travaille, penché sur une table à écrire. Le grand chien somnole près du feu ; il est secoué de gros soupirs offusqués, sous l'emprise d'un rêve. Sans doute repousse-t-il des armées de rats devant la chambre de sa maîtresse.

Marlowe n'a envie de rien. Sa blessure lui fait mal. Il ne veut pas lire. Il n'a de curiosité, d'appétit que pour cette femme calmement assise sur la chaise à côté de la sienne, apparemment absorbée par Virgile. Il l'imagine sur une scène, tenant le rôle de Didon, dans une autre pièce que celle qu'il avait écrite à Cambridge et dont Jane n'a bien sûr aucune connaissance, sinon elle aurait sans doute nuancé sa pensée sur ses personnages de femmes… Une pièce qu'il réécrirait pour elle et qu'elle jouerait en secret ici même, comme le faisait certaine dame qu'il connaissait. Il s'aperçoit qu'il observe Jane de façon éhontée depuis un moment. Il visualise ses formes sous le vêtement. Ses formes de femme, ses seins de femme, son ventre de femme, ses fesses… Il ne comprend rien de ce qui lui arrive, et cela doit se sentir car elle lève les yeux et lui sourit, l'air amusé et vaguement désolé. Elle ferme le livre, se lève lentement et, en marchant vers la porte, se prend les pieds dans un tapis. Elle a un éclat de rire franc et vif comme une averse, leur souhaite bonne nuit avant de sortir de la pièce.

Durant quelques secondes, les mouvements de son corps habitent encore l'espace, résistent à son absence. C'est cette vitalité éperdue qui confère le vrai pouvoir. C'est cela qui rend certains êtres supérieurs aux autres, irrésistibles. Cette profonde et essentielle inégalité dirige le monde. Elle est au cœur de ses pièces, en réalité. Elle a été son obsession. La puissance brutale, implacable, révoltante, envoûtante de ses personnages réside dans le fait qu'ils vivent plus fort, plus intensément que le commun des mortels. Jamais jusque-là n'avait-il contemplé cela chez une femme réelle. Et sans doute n'était-il pas prêt à accepter que cette force pût habiter un être pourvu d'un vagin. C'est comme si un voile s'était levé, le plaçant, médusé et ébloui, à l'orée d'un très grand mystère.

Il s'aperçoit que Walter est assis à côté de lui et a posé une main sur la sienne. Marlowe se raidit. Il n'a plus aucun désir pour Walter. Non pas que ce dernier soit devenu laid, gros, affublé d'une disgrâce physique quelconque. Il est beau encore, son corps est ferme et a gardé sa grande robustesse, ses traits réguliers n'ont presque pas pris de rides. Marlowe aurait voulu le remercier, mais pas comme ça.

«Je suis si heureux que tu m'aies fait chercher, Christopher. Nous avons eu de la chance que je sois à Londres. C'est le destin qui nous réunit.»

Walter se rapproche encore, pose sa paume contre la joue de Marlowe. Celui-ci ôte la main, la garde un moment dans la sienne. Il ne sait qu'en faire ; il désire s'en débarrasser mais craint de blesser son propriétaire. Il la tapote gentiment puis la dépose sur l'accotoir, comme s'il s'agissait d'un petit animal domestique un peu importun. Il a envie de griffer cette main comme le ferait un chat indisposé.

Walter n'y prend pas garde et lui demande :

« Dis-moi au moins qui…

– Moins tu en sais, mieux ça vaut pour nous tous. L'ordre venait de haut. Ils me retrouveront. »

Son ami lui offre un sourire désabusé, et Marlowe revoit le garçon élancé à la musculature puissante et bien dessinée, vif et plein d'ironie, qui imitait à la perfection leurs professeurs, aimait la bonne chère, dépensait sans compter, récitait *L'Art d'aimer* dans son sommeil et faisait d'excellentes fellations.

« Mais avant ça, nous allons vivre encore un peu ! » déclare Walter avec une gaieté juvénile.

Il lui donne une tape amicale sur l'épaule, se lève et va chercher une bouteille et deux verres qu'il remplit d'un liquide clair. Marlowe avale d'une traite le premier verre ; c'est une sorte d'eau de genièvre comme il en a bu en Hollande, un breuvage très puissant et qui vous monte rapidement à la tête. Cela lui fait du bien. Il va s'étendre sur le tapis, ferme les yeux. Et ce qu'il redoute se produit : il se met à revivre l'horrible journée de la veille. Il se sert un autre verre, et encore un autre, espérant que l'alcool chassera les images redoutées. Mais au contraire les souvenirs affluent, plus précis.

4

La chambre étriquée avec le lit dans le coin. Les draps qui n'avaient pas été changés depuis Mathusalem. Il s'y était couché de mauvaise grâce ; Frizer l'y avait rejoint et ils s'étaient étreints, possédés, trop brutalement. La crapule lui avait donné rendez-vous à Deptford, à l'auberge de la veuve Bull, pour passer une nuit en sa compagnie « comme au bon vieux temps », avait-il écrit. Marlowe avait fait semblant de le croire. Quand ils se retrouvèrent, son appréhension ne disparut pas, bien au contraire, et il céda à l'insistance du beau regard fourbe, à la menace qui y dormait, à l'émoi singulier et teinté de mépris que faisait naître en lui le souvenir du corps de Frizer. Marlowe se soumit à son besoin éperdu, insatiable de chair, qui le laissait presque toujours triste et insatisfait. Une impression l'avait traversé ce jour-là : ce serait peut-être la dernière fois, et il n'y aurait plus jamais de désespoir ni de manque après cela. Le grand sommeil des sens, pour l'éternité.

Les deux autres, Poley et Skeres, étaient arrivés dans la matinée, et les avaient surpris au lit, nus et enlacés ; les sbires avaient joué aux dés, feignant la bonne humeur, plus mauvais dans leur rôle que les plus mauvais acteurs. Lui s'était tenu à l'écart, couché sur le lit. Les effluves de transpiration montaient dans la chaleur humide, mêlés aux renvois aillés de Skeres. Il se demandait ce qui allait les décider à agir. Leur faudrait-il un prétexte ? Ils n'en avaient pas besoin. Ils étaient trois contre lui, sans témoin. Mais vint le moment de payer la veuve Bull. Frizer fit comme s'il était tout naturel que Marlowe invitât la compagnie, ce que Marlowe n'avait absolument pas les moyens ni le désir de faire. Il entra dans une rage noire, puis se recoucha et se tut. Tout cela puait le piège à plein nez. Alors il tenta le tout pour le tout. Il n'était pas encore prêt à se laisser saigner comme une bête. Il lui restait des choses à faire, des pièces en tête, un poème à achever, des hommes à séduire, du vin à boire, des coups à donner et des insultes à faire pleuvoir sur les imbéciles. Il se lança à l'assaut de Frizer, déroba la dague dans son dos, et frappa. Il rata son coup, l'autre s'empara de l'arme et la retourna contre lui. Marlowe était trop ivre pour réussir quoi que ce soit.

Et dire qu'il avait failli embarquer la veille pour Calais ! Il s'était laissé guider par un sombre pressentiment. Mais au moment de monter à bord, il avait senti ses entrailles se nouer. Il se préparait à quitter l'Angleterre pour un très long moment. Plus question de petits séjours de quelques semaines. Cette fois, ce serait pour… toujours ? Sans doute. Il était encore jeune et la vieille momie assise sur le trône n'y resterait plus des siècles... Mais elle semblait immortelle. Et tant qu'elle régnerait sur l'Angleterre, il devrait se cacher d'elle. Il avait décidé de passer une dernière nuit sur le sol anglais, soudain douloureusement, désespérément cher à son cœur. Chaque visage croisé dans la rue lui sembla plein d'une nonchalance et d'une ironie résolument britanniques, le plus banal morceau de paysage lui tirait un soupir, le ciel terne et incertain l'emplissait de nostalgie. Même la momie couronnée lui apparut plus aimable. Ne l'avait-elle pas gratifié d'un de ses rares sourires après avoir vu son *Juif de Malte*? Elle s'était toujours adressée à lui avec beaucoup d'esprit. Elle avait la tête bien faite. Et c'était une dure à cuire, une lionne, il fallait lui laisser ça. Mais ce qu'il y avait de plus fascinant chez cette femme, c'était son sens imparable de la mise en scène. Lui-même était séduit quand il la voyait traverser un hall ou une nef, impériale, sublime de grandeur, malgré le poids des années sur sa silhouette empesée aussi rutilante qu'un tabernacle. Au milieu de son visage cérusé, cet œil dur aux cils inexistants qu'elle tenait de son père, immobile comme celui d'un oiseau de proie, qui avait l'apparente omniscience d'un dieu. Un œil fait pour fixer l'éternité.

Cette femme préférait le savoir mort. Elle ne lui en voulait pas personnellement, mais elle ne pouvait objectivement le laisser courir, libre comme le vent, lui, Marlowe, le blasphémateur, l'ivrogne, le bavard, qui avait dans son sac de quoi faire tomber quelques belles têtes, de quoi ouvrir le ventre et exhiber les tripes d'autant de personnages qui ne méritaient pas la hache, de quoi faire parler sous la torture les lèvres les mieux scellées.

On ne l'avait d'ailleurs pas soumis au chevalet, comme le brave Kyd, qui avait tenu le coup assez longtemps avant de craquer. Pourquoi n'avait-il pas tout déballé sans délai ? Kyd et lui s'étaient quittés en mauvais termes après leur cohabitation. Thomas était un bon dramaturge, un homme instruit, mais un insupportable bigot, qui ne demandait qu'à se mettre en colère, à s'abîmer de honte au moindre bon mot un peu licencieux à propos de la religion. Une proie bien trop facile. Marlowe lui avait rendu la vie impossible : dès que Kyd faisait mine de commencer à travailler, l'autre s'approchait, s'asseyait sur le bord de sa table, se penchait sur ses feuilles jusqu'à lui balayer le visage de ses cheveux, lui posait une question d'un air innocent, comme s'il ne désirait qu'entamer une saine conversation. Mais la question contenait toujours un piège, dans lequel Kyd tombait comme un enfant idiot. La discussion s'enflammait vite, et Marlowe finissait par débiter les pires horreurs sur le Christ, sa mère, sur la ribambelle de ses amis et de tous les illuminés qui l'avaient précédé et suivi.

Évidemment, il y avait du bon et du moins bon dans ces provocations. Marlowe n'était pas toujours inspiré. Dans ses mauvais jours, il prétendait que le Christ était un bâtard et sa mère une putain… De cette fois-là, il se souvient très bien : le doux, le calme Thomas lui avait flanqué une gifle et Marlowe l'avait félicité. Il y avait quand même des limites au mauvais goût. Dans les bons jours, il avait prononcé quelques sentences qu'il ne regrettait pas. Les apôtres n'étaient que des pêcheurs de sardines dénués de cervelle, et Paul ou Moïse des jongleurs ; la religion n'existait que pour maîtriser le bon peuple par la crainte. À cela Marlowe n'avait toujours rien à redire.

Il avait été convoqué par le Conseil privé, pour répondre aux accusations soutirées à Kyd sous la torture. Il n'avait pas été très convaincant. L'envie de sauver sa peau n'avait pas triomphé de son dégoût de l'hypocrisie. Ses réponses étaient tièdes. On l'avait laissé repartir, non sans lui intimer de ne pas quitter Londres et de se tenir à la disposition du Conseil. Mais il ne se faisait aucune illusion sur le sort qu'on lui réservait à moyen terme. Le fanatique archevêque Whitgrif et deux ou trois autres membres du Conseil voulaient sa tête. S'il n'avait pas été emprisonné et torturé sur-le-champ, il le devait sans doute au Pygmée, pour qui il avait encore travaillé un peu après la mort de Walsingham. Cecil savait aussi bien que lui-même que si on avait réservé à Marlowe le même sort qu'à Kyd, il aurait donné n'importe quoi pour ne pas souffrir. Face à la torture physique, son idéal d'intégrité et de franchise n'aurait pas fait le poids. Le Conseil avait fini par trancher en envoyant trois hommes pour l'abattre. Pourquoi tant ? Un seul aurait dû suffire. Marlowe n'était plus à la hauteur de sa réputation, sa vivacité déclinait. Sans doute l'abus d'alcool en était-il responsable, et une certaine lassitude.

C'est grâce à Frizer qu'il respire encore. Frizer l'a laissé filer, sous les mines éberluées des deux autres. Le coquin aura probablement trouvé un autre corps à enterrer à la va-vite. Cet homme n'est jamais en peine pour ce genre de besogne. Mais pourquoi ne l'a-t-il pas achevé ? Voilà ce qu'il ne parvient pas à comprendre. Frizer ne l'a jamais aimé.

C'est un être sec et austère, malheureux avec lui-même, mortifié par la nature de ses préférences sexuelles. Il fait partie de ces individus dont l'extraordinaire méchanceté provient en partie du dégoût qu'ils éprouvent pour leur propre personne, et de l'incapacité où ils sont à refréner leurs envies. Marlowe préfère ne pas trop s'interroger sur son attirance pour Frizer… Sans aucun doute est-elle elle aussi nourrie de malice, car il aimait à le voir se maudire pendant l'étreinte, et encore plus après la jouissance. Il se demande ce que Frizer espère gagner à le laisser vivre. Car l'homme ne fait les choses qu'à condition qu'elles lui rapportent en retour. Et s'il avait agi dans un élan d'exceptionnelle compassion ? Frizer était un voleur, un escroc, mais pas un assassin.

Quand il revient à la réalité du présent, il s'aperçoit qu'une main lui caresse les cheveux. Il reconnaît bien vite le tendre animal agaçant qui trépigne au bout du bras de Walter. Il ouvre les yeux et quatre ou cinq exemplaires du visage de son hôte le regardent avec langueur. Il veut se redresser mais la tête lui tourne trop, et il retombe sur le tapis, épuisé, nauséeux. Voilà à présent que la bouche de Walter presse la sienne, que sa main descend de sa chevelure à son entre-cuisse. Il aimerait parler mais cette bouche l'en empêche. Il prend la main de Walter et la retire de son haut-de-chausses où elle a commencé à se frayer un chemin. Walter quitte ses lèvres, se redresse, embarrassé. Marlowe s'excuse :

« Pardon, mon vieux, mais je ne me sens pas d'humeur…

– C'est moi ! Quel idiot je suis », soupire Walter.

Walter le regarde intensément et dit :

« Je n'ai jamais cessé de penser à toi, Kit. Et après tout ce temps, tu es là, si proche, toujours le même. »

S'il savait, le pauvre Walt… Marlowe a cessé d'être le même à la seconde où il a pénétré dans cette maison. Un autre homme habite sa carcasse abîmée, un homme qu'il ne connaît pas, prisonnier d'un charme, se débattant avec son désir, avide de lui céder et révolté par l'emprise effrayante que ce désir a sur lui.

« Et Jane ? demande-t-il comme s'il ne pouvait plus prononcer d'autre mot que ce nom.

– Je l'ai follement aimée. Il n'y a qu'elle que j'aie désirée autant que toi. Mais c'est passé. Je ne la touche plus. Mais j'ai besoin d'elle. Elle est ma raison de vivre. Elle est merveilleuse, si tu savais… »

Marlowe comprend brusquement l'attachement indéfectible entre eux, le feu des corps, désormais éteint, qui les éclaire encore tous deux d'une lueur ténue, si fragile parfois qu'on la croit moribonde, mais qui lutte contre le temps et l'ennui, qui alimente encore les soirées d'hiver, les promenades sur la grève, les lectures à voix haute devant l'âtre, et qui dans dix, vingt ans, luira encore doucement dans leur regard, jusqu'à ce qu'il se ferme à jamais.

Oui, oui… Mais en attendant, il y a de la marge. En Jane se creuse la béance, l'insondable vide, la faim qui lui dévore le ventre, une faim immense, aussi cruelle que celle des pauvres sur les routes, barbouillés de vert à cause de l'herbe qu'ils ont mangée. Son herbe c'est le doigt court et fuselé qu'elle enfonce en elle chaque nuit dans le lit vide, et le misérable spasme qui en résulte, suivi des larmes de frustration et d'amertume. Il aimerait planter là Walter et la rejoindre, apaiser sa faim, l'envahir jusqu'à ce qu'elle en pleure.

Et le voilà qui énonce encore une fois son nom, bêtement, d'un ton interrogatif.

« Et Jane ?

– Quoi ? demande Walter, un peu irrité.

– Elle… Elle ne souffre pas ?

– Écoute… je ne sais pas. Elle n'en parle pas. Tu sais, les femmes…

– Eh bien non justement, je ne sais pas », répond-il avec humeur.

Walter le dévisage, l'air perplexe. Marlowe reprend, presque avec agressivité :

« Ce lieu commun, cette manière un peu stupide de sous-entendre que les femmes sont insaisissables… ! Vous qui prétendez les aimer et les connaître, vous n'avez que ça aux lèvres. Mais n'est-ce pas un moyen de se justifier d'échouer à les comprendre ? »

Ses paroles ne sont pas les siennes ; ce n'est pas possible. C'est l'autre type en lui, celui qui vient de s'inviter, qui raconte ces balivernes. Walter semble soudain très amusé. Il répond :

« Peut-être… Tu sembles avoir réfléchi à la question depuis tout à l'heure… »

Walter lui paraît soudain présomptueux, borné et sans imagination. Et puis il en a assez de ses regards entendus et lascifs, comme s'ils avaient fait l'amour la veille. Il a une envie furieuse de partir. Il sait ce qui va se passer chez ces gens ; il se prépare à semer la discorde entre le mari et la femme, entre lui-même et le mari, entre lui-même et lui-même pour avoir blessé le mari et séduit la femme. Et tout cela finira dans un bain de sang. Il sera débusqué, et Walter et Jane emprisonnés et mis à la torture, et sans doute finalement assassinés eux aussi. Jane a raison : nul ne se soucie de la vie d'un petit seigneur qui ne s'occupe que de faire tondre ses moutons. Il lui faut quitter cet endroit le plus tôt possible. Il le faut.

Il volera un cheval et s'enfuira de nuit, chevauchera jusqu'au pays de Galles et tentera d'embarquer pour… où ? Il ne va quand même pas passer en Irlande. Alors ? L'Écosse ? Il y a là assez d'espace vide pour abriter la terre entière, des landes infinies où ne vivent que les bêtes sauvages et quelques barbares dans des huttes de pierre. Il pourrait se rendre en France, en Hollande, n'importe où au fond. Mais l'Écosse, c'est encore un peu chez lui. C'est le même sol que celui qu'il foule chaque jour, un seul et unique morceau de terre au milieu de l'océan. Il se lève en titubant, se dirige vers la porte. Après trois pas mal assurés il doit s'appuyer contre un meuble. Walter vient le soutenir, le fait asseoir, effleure sa tempe.

« Tu saignes de nouveau. »

Il se retire quelques minutes et revient, muni de quoi changer le pansement. Il enlève le tissu, nettoie la plaie avec des gestes de mère. Marlowe pense à la sienne, à sa bonne odeur, un mélange de clou de girofle et de lait frais, à ses mains qui conservent une grande douceur malgré les travaux ménagers. Il aurait aimé poser la tête contre sa poitrine et dormir.

Walter l'aide à regagner sa chambre ; il le borde, souffle la chandelle et sort sans bruit. La fuite sera pour demain. Pour l'heure il a besoin de repos. Dormir. Ne plus penser. Dans son rêve, il est couché sur une poitrine de femme, chaude et moelleuse, mais petite et parsemée de taches de rousseur. Il lève la tête et découvre le visage de Jane. Il sait que c'est elle et cependant les traits sont ceux de la reine, beaucoup plus jeune, comme il ne l'a jamais connue. Ses cheveux roux et épais sont lâchés, coulent en longs serpents de feu sur ses épaules et sa gorge. Elle lui sourit, découvrant une rangée de petites dents blanches et bien alignées dans lesquelles il mord comme si c'était de la pâte d'amande. Et les dents fondent dans sa bouche, y répandent un goût d'enfance, de fêtes sous l'arbre de mai, y font exploser la cruauté du vert de l'herbe du Kent caressée par le vent, apporteur de chants de marins et de rêves d'aventures.

5

Ce n'est pas encore l'aube, mais la lisière de l'horizon se distingue déjà, une déchirure de lumière dans la masse nocturne mauve et opaque. Il meurt de faim. Il enfile son pourpoint, descend l'escalier. Une délicieuse odeur monte d'en bas. Il repense aux dents.

Arrivé au rez-de-chaussée, il entend qu'on s'active dans la cuisine. Par la porte entrebâillée, il s'attend à voir une servante. Mais c'est Jane qui est concentrée sur une petite miche dodue, qu'elle badigeonne de blanc d'œuf à l'aide d'un pinceau. Son profil penché, attentif, projette son ombre sur le mur ; ses lèvres bougent imperceptiblement comme celles d'un enfant qui apprend à écrire ; les cils, fournis et très recourbés, ne battent que rarement ; ses avant-bras, qu'elle a dégagés, sont plus robustes qu'il n'y paraît à première vue, le muscle tonique ondule doucement sous la peau. Il y a beaucoup de force en elle, il se souvient de son abdomen bandé sous son propre ventre la veille, quand il l'avait menacée de sa dague.

Le moment se prolonge, encore un peu de temps qui s'étire, et *pfff,* voilà qu'elle souffle, relève une mèche de cheveux de devant son front, puis disparaît derrière la porte. Le charme est rompu. Il s'aperçoit que le chien a surgi, comme craché par la nuit, il se tient immobile devant lui, calme et attentif, le regard dépourvu d'animosité. Il le laisserait sans aucun doute entrer sans broncher. Mais Marlowe décide de remonter à sa chambre, le ventre vide et le cœur lourd. Il sera assailli de visions d'elle telle qu'il ne la verra jamais, se maudira de n'avoir pas pénétré dans la cuisine. Il pose le pied sur la première marche, se ravise, revient sur ses pas. Le chien le regarde faire, ses oreilles se sont dressées et son expression est presque affable. Il entre.

De retour dans sa chambre, il ouvre grand la fenêtre, prend une inspiration ; il contemple ses mains ouvertes qui tremblent. Il a eu envie de la mordre, d'ailleurs il n'est pas certain de ne pas l'avoir fait… Il a eu envie de la manger, de disparaître en elle, de devenir elle, de la frapper, de la caresser tendrement, puis de la faire hurler de plaisir, de recommencer encore et encore, de l'attacher, de se l'arrimer au corps, pour qu'elle reste là toujours, que jamais sa peau ne cesse d'être en contact avec la sienne, que son odeur l'enveloppe où qu'il aille.

Mais l'étreinte n'a duré qu'un court moment. C'est elle qui a envoyé promener les brioches et s'est assise sur la table ; elle qui a saisi son sexe dans sa petite main hardie et enfarinée, l'a guidé, elle qui après quelques instants s'est retournée pour qu'il la prenne par-derrière. Il a alors senti quelque chose palpiter autour de son sexe, quelque chose d'une immense, insoutenable douceur, mais impérieux aussi, qui semblait mû par une volonté propre. Quelque chose qui lui a fait penser à une plante aquatique ou à une méduse en mouvement ; c'est alors que le plaisir est survenu. Il s'est senti possédé par elle, submergé, vaincu.

Une panique irrépressible s'empare de lui, le désir de s'échapper, de fuir cette maison, cette femme, les entrailles de cette femme qui l'appellent et attendent le moment de s'enrouler autour de lui pour l'emmener dans de nouvelles et terrifiantes profondeurs. Il éprouve soudain une solitude insondable. Il a le sentiment de sombrer dans un puits de néant. Des visages le regardent tomber, des visages inconnus, indifférents, contemplent sa chute sans ciller. Certains se mettent à sourire, puis les sourires s'élargissent, deviennent ricanements sonores ; des paroles fusent : « Regardez, c'est lui, Marlowe, le poète athée, le théâtreux imbu de lui-même, le railleur, le sodomite, le blasphémateur, la lie de l'humanité ! » Un faciès se détache des autres, une tête squelettique et hâve qui ne crie pas. La tête de quelqu'un qu'il connaît. Quelqu'un de mort. Robert Greene le regarde. Ses cheveux blancs clairsemés voltigent autour de sa face comme des lambeaux de laine accrochés aux clôtures.

Jamais Marlowe ne s'était senti autant haï que par cet homme. Il ne lui avait pourtant rien fait, avait évité autant que possible sa proximité. Mais Greene détestait ses pièces, qu'il condamnait comme hérétiques. Il avait passé une bonne partie de son temps à les démolir, ou à les railler avec une rage qui trahissait la plus cuisante jalousie. Les pièces de Greene, qui ne manquaient pas de qualités, connaissaient pourtant un succès modéré. Marlowe avait été blessé par ses attaques, il ne savait trop pourquoi les mots de Greene parvenaient à le toucher autant. Les ennemis de Marlowe ne généraient en lui que mépris. Mais Greene ne réussissait à lui inspirer que de la compassion, ainsi qu'une très vive curiosité pour sa vie de débauche entrelardée de brefs et poignants moments de repentir, et habitée par une intolérable et perpétuelle souffrance. L'homme avait l'âme la plus torturée que Marlowe eût jamais croisée sur sa route. Sa grande intelligence n'était pas parvenue à libérer son esprit et à l'élever au-dessus de la culpabilité, de la crainte de l'enfer.

En apprenant que l'écrivain était près de mourir, seul et misérable, Marlowe était allé lui rendre visite dans sa chambre miteuse du quartier de Dowgate, à l'arrière d'un atelier de cordonnerie. La misère suintait de partout dans ce lieu sinistre et insalubre. Greene était allongé sur un grabat posé à même le sol, entouré par deux femmes, l'épouse du cordonnier, et sa maîtresse à lui, une putain, la fille d'un voleur des environs. Il somnolait. Quand il ouvrit un œil et aperçut Marlowe, il commença par lui demander si les odeurs du lieu lui rappelaient de bons souvenirs. Comme Marlowe restait silencieux, l'autre l'insulta et se mit tellement en colère qu'il fut submergé par une quinte de toux qui faillit l'étouffer. L'hôtesse prit Marlowe par le bras et tenta de l'entraîner à l'extérieur. Mais il résista à la pression de la grosse main gercée. Il resta immobile, effaré, triste à mourir, dans les effluves de pieds qui ne l'atteignaient plus.

Il ne comprenait pas. Il était incapable d'accepter qu'un homme pût être intoxiqué par la haine et l'envie à ce point, et jusqu'au seuil de la mort. Il aurait donné n'importe quoi, à cet instant, pour que Greene lui tende la main. Il aurait voulu lui dire : « Allons, Greene, mon vieux, c'est tout ce qui te reste : faire la paix, avec les autres et avec toi-même. Pas parce que Jésus l'a demandé, pas parce que cela te sera compté au jour du Jugement. Mais parce qu'une fois que ton cœur aura cessé de battre, il n'y aura plus rien, rien que ce que tu laisseras aux vivants, ta pisse dans le pot près du lit, tes draps sales, quelques textes, et le souvenir en moi de ta main dans la mienne. »

Mais au lieu de ça, il s'approcha de l'oreille poilue du malade et lui murmura : « Tu sais, Greene, je te serai éternellement reconnaissant. Tu as été une source précieuse d'inspiration pour ta préférée de mes pièces. » Il observa la réaction de Greene ; de sa gorge sortirent quelques borborygmes accompagnés de bave sanguinolente, ses yeux roulèrent dans leurs orbites. Marlowe fut pris d'un brusque sentiment de pitié, qui monta en lui comme une bile aigre et le mit en colère. Il voulut se taire, mais quelque chose l'en empêchait, cet animal rageur qui aboyait au fond de lui et le poussait parfois à la plus implacable méchanceté. Il continua, sans merci : « Tu te doutes qu'il s'agit du bon *Docteur Faust*. Je l'ai un peu nourri de tes atermoiements, de ta complaisance, de ton incapacité à choisir celui que tu dois être, de ce mélange incomparable en toi de panache et de petitesse, de bravacherie et de contrition, de courage et de lâcheté. » Il n'attendit pas de voir le visage gris se décomposer, la bouche bredouiller une ultime grossièreté, le corps se contracter de fureur. Il était déjà sorti quand Greene commença à être capable de tout cela.

Greene s'était bien vengé de lui depuis la tombe : peu après ses funérailles, on publia un texte où l'auteur agonisant, entre deux accès de repentir pour sa vie de pécheur, invectivait Marlowe sans le nommer mais sans équivoque possible. La haine de Greene l'enveloppait d'un halo sinistre qui, comme la crécelle du lépreux, tenait le monde à distance.

6

Jane,

Quand vous lirez cette lettre, je serai parti. Je ne vous connais pas, mais pourtant je sais que vous comprendrez et accepterez les raisons qui me poussent à agir si brutalement. J'écris que je ne vous connais pas, et cependant je crois bien voir en vous celle que vous êtes véritablement, comme si je vous avais fréquentée depuis l'aube de ma vie. Vous m'échappez par ailleurs complètement, vous m'êtes aussi opaque, énigmatique que la vastitude du ciel ou le fond des mers.

Vous m'avez ébranlé, vous m'avez révélé une part de moi-même que je ne soupçonnais pas. Je me suis trouvé et perdu en vous découvrant.

Je ne suis pas un homme digne de vous. C'est la première fois de ma vie que je fais montre d'une telle humilité. Je me suis toujours cru mériter ce que l'existence avait de meilleur à offrir.

Je n'oublierai jamais ces secondes infinies où vous m'êtes apparue, je garderai jusqu'à mon dernier souffle le souvenir de votre chair palpitant autour de moi, l'effronterie et l'intelligence de votre regard, de toute cette vie qui pulse en vous, déborde et se donne sans mesure. Toute cette vie !

Je vous emporte avec moi.

Vôtre, à jamais,
Christopher Marlowe

Walter l'avait cherché partout. Il avait chevauché sur les plages, fouillé les criques ; la vision du corps inerte de son ami, ramené par la marée, ne le quittait pas. Sa quête auprès de la mer se révélant vaine, il avait pris la route vers le nord, s'était arrêté dans les villages, avait questionné, sans succès. Quatre jours s'étaient ainsi écoulés sans nouvelles. Et un matin, le patron de l'auberge de Branscombe, un village à une dizaine de lieues vers l'est, frappa à la porte de Chestnut Hall. Il se plaignait qu'un dénommé Marlowe, Morley ou Marlin se fût installé dans son établissement, dans une chambre où il faisait monter des garçons et de la bière, une chambre qu'il ne prétendait pas quitter alors qu'il n'avait même pas payé une nuit d'avance. Quand l'aubergiste et son gendre avaient tenté de le mettre dehors, le dénommé Morley les avait menacés d'une dague et traités de tous les noms impies qu'ait jamais entendus oreille de chrétien.

Walter alla ramasser Christopher, plongé dans une torpeur inquiétante, le corps nu étalé aux quatre coins d'un lit puant et jonché de vomi, de vin, de sueur et peut-être d'autres fluides qu'il préféra ne pas tenter d'identifier. Des hématomes recouvraient sa poitrine et son dos, comme s'il avait été battu. Walter hésita à demander des comptes à l'aubergiste. Il valait mieux ne pas faire de vagues, compte tenu des circonstances. Il paya la note, et d'avantage pour que l'aubergiste et sa famille tiennent leur langue sur l'incident, ramena au manoir son ami en proie à une fièvre délirante.

*
* *

Longtemps elle observe la lumière chaude de la fin du jour frémir sur la peau très claire, sur la chevelure de cuivre. Elle ne bouge pas, reste là pendant des heures, et attend. Il a cessé de vomir, de s'agiter, et même de parler. La fièvre se maintient depuis une semaine. Le médecin est venu de Dorchester. Il croit qu'une poche d'humeurs sombres s'est formée dans sa tête et menace de se rompre et de le tuer. Il lui a fait deux saignées. Mais elle a refusé qu'il lui en fasse une troisième. Elle a soudain senti battre dans son propre corps les veines exsangues, et elle a dit non, pas de saignée, et le médecin s'est emporté mais elle a répété non, et il est parti.

Peut-être ne sortira-t-il plus jamais de son sommeil. Elle l'imagine victime d'un charme, comme ces hommes qui se sont endormis dans un cercle de champignons, ou de pierres dressées. Ils dorment pendant mille ans, lui racontait sa nourrice, et se réveillent sans avoir vieilli. Cet homme devant elle ne doit pas vieillir. Cela ne semble pas dans l'ordre des choses. Peut-être est-il mort dans cette auberge de Branscombe, et peut-être même avant, à Deptford. Peut-être que celui qui dort dans sa maison n'est qu'une illusion, une dernière manifestation de l'homme qu'il fut, une trace, comme en laisse le pied dans le sable, avant d'être effacée par la mer. Jane sait confusément que la mort n'agit pas toujours de manière brutale et définitive. Elle peut se révéler généreuse, et procéder en douceur ; elle concède aux vivants les vestiges évanescents des disparus, des reflets qui ont l'apparence de la vie. Son père avait passé plusieurs jours auprès d'elle après sa mort ; son image s'était lentement dissoute, comme noyée par la brume.

Au cours de cette nuit d'orage qui avait projeté Marlowe dans les lueurs fantastiques du hall, Jane avait été la proie de la peur et de la colère. Cet homme qu'elle ne connaissait que de réputation allait transformer sa vie. De cela elle fut instantanément assurée. Elle ne comprit pas tout de suite qu'elle tombait en amour. Bien qu'elle se sentît véritablement perdre pied, faire une interminable chute dans une crevasse sombre traversée d'étoiles et de comètes en feu. Et qu'elle sût que cette crevasse n'était rien d'autre que l'intérieur d'elle-même.

Lui avait parfaitement saisi ce qui se jouait entre eux, peut-être parce que les poètes ont un sens supplémentaire pour interpréter ce sauvage jaillissement de tout l'être vers un autre à peine aperçu. Elle savait qu'il n'avait d'appétit que pour les hommes, c'est ce que tout le monde disait et elle voulait bien le croire. Cependant elle avait entendu son cri silencieux, son appel fiévreux monter du plus profond de lui vers elle. C'était aussi impérieux que le déchaînement des éléments qui avait présidé à son entrée dans sa vie. Personne, pensait-elle, ne pouvait résister à cet appel. Aucun homme, aucune femme.

La suite de ce moment d'embrasement n'avait été qu'une succession d'heures insoutenables, où elle tentait de faire la lumière, de juguler la dispute qui faisait rage en son cœur, entre la part d'elle avide de faire le voyage, de s'abandonner entièrement, et l'autre, hostile à cet homme qui mettait la tempête dans son existence tranquille. Cette Jane-là, la rétive, la méfiante, celle qui protégeait sa vie décolorée aussi jalousement qu'une vieille poule couve un œuf vide, peignait à l'autre des tableaux de tous les vices dont on accusait Marlowe, et de la damnation réservée à son âme, ainsi qu'aux âmes de ceux qui se trouvaient sous son emprise.

Elle s'était glissée par deux fois dans sa chambre, avait contemplé son visage endormi puis, vêtue de sa plus belle robe, elle était revenue pour fouiller sa bouche avec sa langue. Elle gardait un souvenir plus intense, plus ému de ce baiser que de leur étreinte dans la cuisine. Tout était allé trop vite. Elle s'était attendue à autre chose : une union à la fois plus tâtonnante, plus malhabile, mais plus familière, plus intime. Jane, à sa profonde surprise, n'éprouvait aucune gêne, aucune pudeur vis-à-vis de lui. Elle était dévorée de curiosité pour cet homme qui n'aimait pas les femmes et qui cependant avait une furieuse envie d'elle. Elle était prête à tout ce que son imagination pouvait lui suggérer, et à bien d'autres choses qu'elle était incapable de se représenter, ou qu'elle n'entrevoyait qu'au travers du souvenir de ses pièces, cruelles, sensuelles, excessives.

Elle avait immédiatement compris la passion de Walter pour Marlowe, et deviné qu'ils avaient eu une liaison par le passé. Son mari lui apparut alors sous un jour nouveau. Pourquoi ? Elle ne savait pas au juste. Peut-être à cause de ce que cette liaison avait de dangereux, d'absolument mystérieux, qui lui resterait à jamais inconnaissable. Par ailleurs, les visions de Walter étreignant Marlowe la révulsaient véritablement. Alors que celles où Marlowe faisait l'amour à d'autres hommes généraient en elle une terreur exquise. Assise à son chevet, elle lâchait le livre qu'elle tenait, et se laissait aller à rêver à son corps nu contre un autre corps nu. Pas son corps à elle, pas un corps masculin non plus, mais une silhouette androgyne, idéale et irréelle, forgée dans un métal recouvert d'or, froide, parfaite, éternelle, et pourtant souple comme le corps d'une ondine miroitant sous les eaux.

… et je pourrais vous dire
Combien son ventre est blanc et douce sa poitrine
Et quels doigts immortels ont laissé leur empreinte
Sur ce sentier divin à l'exquis modelé
Qui sillonne son dos…

Les mêmes vers du poème lui revenaient en boucle alors qu'elle l'observait. Elle avait découvert la liasse de feuillets nichée dans un crevé de son pourpoint. Elle n'avait d'abord pas osé lire, et l'avait confiée au tiroir de la table à écrire. Au bout de trois jours, vaincue par la curiosité, elle avait finalement déchiffré l'écriture nerveuse, presque sauvage, parfois à peine lisible, les longues lettres qui semblaient courir à perdre haleine, comme couchées par un vent violent. Léandre, un jeune homme originaire d'une ville de l'Hellespont, tombe éperdument amoureux de Héro, une vierge, prêtresse de Vénus. Chaque nuit il traverse à la nage le détroit qui les sépare pour lui dire sa flamme et tenter de la faire renoncer à son vœu.

Elle avait dévoré l'œuvre d'une traite, quand elle était certaine de ne pas être dérangée, ses yeux allant fébrilement du visage endormi à la page saturée de vers qui semblaient lui parler à elle seule, s'insinuer en elle, insuffler leur souffle sous sa peau, leur cadence dans ses veines et jusqu'à son cœur, qui ne semblait plus battre qu'à leur rythme. Elle en avait éprouvé du remords. Il y avait des ratures, des mots barrés et remplacés par d'autres, des espaces encore vides destinés à accueillir le mot, l'expression juste. Et toutes ces hésitations, ces errances l'émouvaient presque autant que le poème lui-même, participaient à l'envoûtement qu'il exerçait sur elle. Elle aurait pu l'emporter dans sa chambre, mais elle imaginait que son crime aurait été plus grand encore si elle l'avait perpétré hors de la présence de celui qu'elle violait ainsi. Il y avait autre chose qu'elle s'expliquait difficilement : comme le poème était inachevé, il semblait à Jane qu'elle ne devait pas séparer l'œuvre de son créateur, afin que les fils invisibles tendus entre lui et les vers à venir ne se déchirent pas.

Marlowe remue, rejette la couverture sur ses jambes. Sa main tâtonne sur la table de nuit à la recherche d'un gobelet d'eau, le renverse avant que Jane ait pu le prendre.

Il pousse un soupir de frustration. Il la regarde, consciemment cette fois, pas comme toutes les autres où ses yeux vitreux et mi-clos se posent sur elle sans la voir. Il la regarde avec reproche, la bouche serrée en une moue de dépit. Une évidence la frappe pour la première fois : son visage n'est pas beau. Les yeux sont un peu trop proéminents, la bouche petite et boudeuse, la joue a gardé la rondeur lascive de l'adolescent sensuel. Ses profils sont très différents l'un de l'autre. Le droit, assez aigu, donne une impression de vivacité exacerbée, d'ironie féroce, d'acuité de perception hors du commun, et, dans les bons jours, elle en est sûre, de gaieté juvénile. Le gauche est mollement hautain, et semble toujours au bord de la nausée. Ces deux moitiés si discordantes créent pourtant une espèce, sinon d'harmonie, du moins de cohérence troublante, une séduction indéniable et très singulière.

Elle ramasse le gobelet, le remplit d'eau à nouveau et lui donne à boire. Il accepte de mauvaise grâce, repousse le récipient avec agacement. Quand elle prend le drap pour l'en recouvrir, elle s'aperçoit qu'il est mouillé d'urine. Elle commence à l'ôter, mais il le retient fermement contre lui, le lui arrache presque des mains. Elle tire encore, et lui tire dans l'autre sens, son regard noir plongé dans le sien avec un air de défi. Elle cède la première, reborde le drap souillé, s'assied sur sa chaise, épuisée. Il détourne les yeux et les ferme.

Elle doute que jamais il puisse regagner la santé, que son corps retrouve la vitalité, le désir, l'exceptionnelle énergie qui l'habitait ; elle ne peut, en le voyant ainsi, imaginer qu'il la possède de nouveau, qu'il termine le poème, deux choses qui sont désormais inextricablement liées dans son esprit. Il va sans doute finir par mourir ici, chez elle, une deuxième fois. Elle revivra indéfiniment jusqu'au moment de mourir à son tour ces quelques heures où ils se sont observés, parlé, cette unique et brève fois où ils se sont unis ; elle relira et relira sa lettre.

*
* *

Elle assistait, impuissante, au naufrage du poète, et cela ne lui convenait pas. Il était contraire à sa nature de se résigner. Les autres acceptaient leur sort en pensant que c'était la volonté de Dieu. Jane en était incapable.

Elle se rendit un soir sur la lande, dans la chaumine de Daisy Honeycombe. Elle n'était allée trouver la veuve qu'une fois, trois ans plus tôt. Elle avait enfoui ce souvenir aux confins de sa mémoire, si loin qu'il semblait incapable de la tourmenter. Il ressemblait à un songe lointain, désincarné. Et même alors qu'elle retrouve la masure recouverte de lierre, l'odeur d'herbes infusées qui l'avait poursuivie des jours après sa première visite, elle fait taire le passé, appuie de toute la force de sa volonté sur la trappe derrière laquelle dort cette première fois. Elle a donc pris soin de se procurer des cheveux de Marlowe et quelques gouttes de son urine. La femme les emporte dans l'alcôve où elle fabrique ses mixtures. Elle lui remet un onguent, à faire pénétrer dans la peau au bas du ventre, à l'endroit du cœur ainsi que sur la bouche en prononçant quelques mots.

Quand la nuit est tombée, après avoir fermé la porte à double tour – cette manie qu'elle a de l'enfermer comme si on pouvait à tout instant le lui reprendre –, elle applique la crème comme prescrit en prononçant trois fois : « Mal, je te chasse comme Jésus repoussa Lucifer au désert. Souffle vital, je te commande de rester dans ce corps, comme Dieu est tout entier dans l'hostie. » Elle débite les derniers mots très vite et plus bas, avec embarras. Les guérisseuses devraient adapter leur jargon à la nouvelle religion.

Elle attend, retenant son souffle. Elle sait pourtant qu'il ne va pas s'éveiller comme dans les contes, l'œil vif, le teint soudain ranimé. Bien sûr, il faudra encore quelques heures, un ou deux jours peut-être. Malgré tout, elle trépigne sur sa chaise. Il manque quelque chose, quelque chose d'important qui n'a rien à voir avec la veuve. Un rituel plus intime, une action en sens inverse, de lui vers elle. Elle se déshabille, prend la main inerte de Marlowe qu'elle fait glisser sur son propre corps. Il remue, et elle croit un instant qu'il reprend connaissance, car la main s'anime, épouse la courbe de la hanche, se fraye un chemin presque seule vers le mont de Vénus, se perd un instant dans la toison noire, autour du sexe, suspend son geste, comme étourdie, puis la force la quitte, et les doigts retombent, épuisés, sur le drap. Le plaisir l'a gagnée par surprise, fulgurant, au moment où l'index avait caressé le bord de ses lèvres.

Elle s'enfuit en courant, va se jeter sur le sol de sa chambre et prie. Elle supplie Dieu de lui pardonner. Elle promet de ne plus s'adonner à ces pratiques impies et dangereuses, de ne plus se consumer de colère et de désir au chevet du malade, d'envoyer sa servante en prendre soin à sa place. Et le lendemain la trouve de nouveau assise sur la petite chaise près du lit, bien droite, les yeux brillants et les traits tendus, pareille à Marthe et Marie attendant le réveil de Lazare.

Les images de la première fois chez la veuve Honeycombe tentent de soulever la trappe, dans un fracas terrible ; les morceaux de souvenirs se bousculent au bord de sa mémoire, elle aimerait crier pour faire cesser le vagissement qui monte du fond de son crâne, presse ses poings sur ses tempes. Mais elle est impuissante. Une main minuscule émerge dans sa conscience, une main avec de tout petits doigts, qui se ferment et se déplient, comme s'ils pressaient quelque chose d'invisible. Une main qui était venue la visiter dans ses rêves pendant des mois, une main de nouveau-né. Jamais de corps, jamais de visage. Juste cet appendice si vivant et terrifiant, ainsi séparé du reste, seul dans l'espace. Elle avait chassé la vie qui grandissait dans son corps. Elle n'en avait pas voulu. Malgré les images qui l'assaillent, elle n'éprouve aucun remords. Aucun. Seulement un immense chagrin.

7

Il était passé dix heures. Jane n'était pas dans sa chambre. Heather pénétra dans celle de Marlowe. Elle les trouva tous deux endormis. Jane toute habillée sur les couvertures, collée au dos du jeune homme, la main posée sur son épaule. La pièce sentait la chair malade, les fluides et la transpiration. Heather se demandait comment sa maîtresse pouvait bien passer ses jours et ses nuits dans un endroit aussi malsain. Elle détestait le jeune coq arrogant qui gisait là. On ne lui avait pas dit grand-chose sur le bonhomme, sauf qu'il était poète et avait besoin de se cacher. De quoi, de qui, voilà qui restait un mystère. C'était peut-être un de ces hérétiques qui pullulaient dans la capitale et étaient censés finir au bout d'une corde. On ne lui avait pas dit son nom, mais elle l'avait entendu prononcé par Walter, Marlowe. Christopher Marlowe. Un nom qui ne lui disait rien. La présence de cet homme au manoir constituait un danger, de cela elle était certaine. Sa surprise de voir Walter prendre un tel risque était immense. Son maître, d'ordinaire si prudent, vivait comme on compte, avec mesure, avec prudence, en économe. Elle n'aimait pas son maître. Elle ne trouvait en son cœur plus aucune sympathie pour lui depuis qu'il délaissait Jane.

Elle ramassa une chemise sale qui traînait par terre, entrouvrit les tentures et les referma aussitôt. Jane ne dormait plus assez depuis des jours. Ces moments d'abandon ne devaient pas être interrompus. La vieille femme finit par poser les yeux sur le visage de celui qui se débattait entre la vie et la mort. Elle ne l'aimait décidément pas non plus. Elle n'aurait pu dire pour quelles raisons. Il ne lui avait pas mal parlé, l'avait même saluée en la croisant dans la maison, quand il avait encore l'usage de ses jambes et de sa langue. Son antipathie n'était pas personnelle. Quelque chose sommeillait en lui, quelque chose comme un feu cruel qui couve sous la cendre, un animal dangereux endormi au fond d'une caverne, un serpent caché dans l'herbe et qui attend la cheville dénudée pour mordre.

Et cependant elle comprenait que Jane puisse en être entichée. Il y avait en lui une force farouche qui ressemblait à ce qui animait sa maîtresse. Heather avait aussitôt senti l'attraction fulgurante entre Jane et le poète. Elle les avait surpris emboîtés l'un dans l'autre sur la table de la cuisine, les petits pains éparpillés partout autour d'eux et par terre, Master Jove occupé à les manger. C'était un beau gâchis. Pour les petits pains. Jane souffrait depuis trop longtemps. Il était juste que son jeune corps plein de santé exulte. Mais après lui avoir brièvement redonné le goût de l'amour et de la vie, le dénommé Marlowe, poète de son état, l'avait aussitôt emmenée vers les rivages de la mort. Heather fut frappée de constater que le teint de la jeune femme était presque aussi blême que celui du malade. La servante s'assit sur la chaise près du lit, effleura la robe de Jane. Elle dut retenir sa main, qui aurait voulu aller jusqu'à la joue, jusqu'aux cheveux qui devaient être lavés et collaient un peu aux tempes, comme lorsque enfant elle avait la fièvre.

Quand Jane avait épousé Walter, Heather avait quitté le Yorkshire pour suivre sa maîtresse dans sa nouvelle demeure. Les mariés s'étaient connus par l'entremise du commerce. Les parents de Jane appartenaient à l'ancienne noblesse locale, désargentée, qui subsistait grâce à quelques milliers de moutons. L'âge d'or de la famille remontait à la période normande, quand elle s'était distinguée en luttant contre les Écossais et les Danois, et en mettant au pas le petit peuple rebelle à l'autorité de Guillaume. Les Crane, c'était leur nom, avaient officiellement rejeté la foi catholique sous Henri VIII, mais les femmes de la famille avaient la réputation d'être toujours de fieffées papistes, et on disait dans la région qu'un prêtre aux abois trouverait toujours au château de Yerwitch des draps propres et une soupe chaude. Il y avait bien en permanence dans l'immense âtre des cuisines une marmite cabossée où mijotaient quelques étiques navets ; quant aux draps propres, c'était une autre affaire. La famille vivait dans quelques pièces d'un château qui remontait au XIIe siècle, aux trois quarts en ruine, où cochons et volailles couraient et déféquaient partout, où les bébés des servantes erraient nus et sales dans les corridors glacés, en compagnie des enfants des maîtres, à peine moins misérables. La première fois que Walter rendit visite à sa promise, il avait dû se réjouir que la famille de la jeune femme résidât si loin, et qu'il n'aurait jamais à inviter qui que ce soit en leur fief nécessiteux.

À Chestnut Hall, Heather avait découvert avec félicité la douceur et le parfum des draps propres, un climat plus clément, une vie qui convenait mieux à son corps vieillissant. Quant à Jane, elle se serait épanouie sous n'importe quels cieux ; elle avait une excellente santé et se serait plu dans les régions les plus désolées et les plus rudes. Enfant, elle vadrouillait tout le jour sur la lande ou au bord de la mer, même sous la pluie battante. Elle ne supportait pas de rester enfermée, et seul le maître qui venait lui enseigner le latin, lui faire découvrir la géographie et un peu d'arithmétique, parvenait à la faire tenir assise deux heures sur un banc. C'était son père qui s'était mis dans la tête de lui donner de l'éducation. Il aimait sa fille passionnément, plus que ses fils, et rêvait pour elle à un avenir prestigieux. Il ne pouvait envisager qu'elle l'obtînt sans se remplir la tête de poésie et de choses savantes. Il savait que les femmes qui mènent une existence enviable ont souvent oublié d'être idiotes et incultes. C'était dans l'air du temps, et faute d'avoir au-dessus de sa tête un toit qui ne fuie pas, on pouvait au moins vivre avec son époque.

Un prestige tout relatif survint un jour sous l'apparence du jeune Walter Bilbury. Ce n'était pas un prince de Galles, mais il était bien fait de sa personne, riche, entreprenant et avait obtenu un Master of Arts à Cambridge. Et Jane n'était pas contre l'idée de l'épouser. Ce ne fut pas simple pour autant. La jeune fille, qui avait alors dix-neuf ans, différait sans cesse le grand jour, prétextait mille empêchements. Elle voulait voir Walter, et le voir encore, et puis le revoir, et parler avec lui, beaucoup parler, et l'observer longuement, connaître ses manières, ses goûts, et qu'il connaisse les siens, car il ne devait pas s'imaginer qu'elle était commode, ah ça non, elle était une tête de mule, une colérique, capricieuse aussi à cause de son père qui la gâtait trop, il fallait qu'il le sache, lui, l'homme doux et posé, plein de délicatesse, qui allait la supporter toute sa vie !

Walter, le patient, le raffiné Walter se vit ainsi contraint de passer des heures sur les routes du Nord hostile et barbare, et encore plus d'heures à se geler dans une pièce de réception qui ressemblait à une cour de ferme, sur les sentiers de la lande où elle l'emmenait en promenade, ruinant ses bottes et ses chausses. Jane le faisait asseoir sur une pierre comme si c'était un trône, montrant les lointains avec une fierté candide, et lui suivait le tracé de la petite main impérieuse, qui indiquait une colline, quelque vestige, une pierre dressée, tout ce qui constituait son pauvre royaume de tourbe et de roches, battu par les vents, parsemé de misérables hameaux et bordé d'une mer sans cesse agitée. Il lui avait fallu un peu de temps, au fringant Walter, mais il avait fini par aimer ce pays âpre et violent, parce que Jane était faite à son image.

Les mariés avaient été heureux pendant les trois premières années de leur union. Et puis ils avaient cessé progressivement de partager le même lit. Heather avait vu Jane se faner. C'était à peine perceptible pour qui ne la connaissait pas intimement, mais pour la vieille servante qui l'avait vue naître, avait massé son petit corps dodu, l'avait regardée grandir et devenir une femme, aimer et être aimée, Jane s'éteignait doucement. Aucun enfant n'était né de leur couche. Jane n'en parlait jamais. Heather pensait que ce n'était pas cette stérilité qui la faisait le plus souffrir car Jane n'avait jamais été une fille ni une femme comme les autres. Chaque fois que l'on se réjouissait d'une naissance à Yerwitch, elle ne prenait que peu de part à la liesse générale. Quand Catherine, la fille de cuisine, avait mis au monde son onzième enfant, après un supplice de vingt heures où elle et le bébé avaient failli perdre la vie, Jane s'était mise en colère. On ne savait pas contre quoi au juste. Le sort, la misère de naître femme, contre Dieu, un peu contre Dieu aussi, oui, sans doute.

Heather se signe, se lève. Jane bouge dans son sommeil et prononce un mot que la servante ne comprend pas. La vieille femme va chercher une couverture posée sur le coffre, l'étend sur le corps de Jane. Elle ne peut s'empêcher de recouvrir l'épaule nue de Marlowe, d'un geste furtif, avant de prendre le pot d'aisance, plein d'une urine trouble, et de sortir de la pièce.

8

Voilà deux semaines que Marlowe est parmi eux. Il ne quitte toujours sa chambre que très rarement, pour marcher un peu au jardin, s'asseoir quelques minutes dans le cimetière, à l'ombre du châtaignier. Le médecin est revenu. La blessure à la tempe guérit enfin. Mais on craint encore la rupture de cette poche dans son crâne ; ce qui, probablement, est cause de ses terribles migraines qui surviennent n'importe quand et durent plusieurs heures. Marlowe a pourtant demandé à Walter du papier et de quoi écrire. Écrire... Alors que son assassin est sans doute à sa recherche, qu'il ferait mieux de se préparer à fuir.

Marlowe a accepté de révéler un peu de cette journée à Deptford. Parce que Walter s'est fâché, arguant qu'il ne pouvait le protéger que s'il savait quel danger pesait sur lui, et qui lui voulait du mal. Le poète croit dur comme fer que c'est la reine en personne qui a demandé sa mort. Rien n'est moins sûr aux yeux de Walter mais il s'abstient de le dire à son ami. Il semble tenir si fort à cette probabilité, qui le conforte dans l'idée de son importance. Il est plus glorieux de mourir sur l'ordre d'un puissant pour des raisons politiques que des mains d'un petit gentilhomme qui craint que l'on découvre sa complicité avec un usurier malhonnête. Car cela semblait être le fond du problème : ces derniers mois, Marlowe a vécu chez Thomas Walsingham, le neveu de l'autre. C'est là qu'il a rencontré Ingram Frizer ; Marlowe a fortuitement découvert que Frizer était un escroc. Il pratiquait une forme de prêt usuraire qui endettait l'emprunteur encore davantage et lui rapportait, à lui, cent pour cent d'intérêts. Il faisait profiter Thomas Walsingham de ces petites malversations. En outre, derrière une façade de patron des artistes et d'homme cultivé, Walsingham semblait être un calculateur et un ambitieux. Sa femme, Audrey, dame de chambre de la reine, intriguait afin de leur ménager un avenir doré lorsque débarquerait le successeur pressenti au trône d'Élisabeth, Jacques VI d'Écosse. Les époux jouaient un dangereux double jeu, et Marlowe était très probablement au courant. Walsingham avait donc lui aussi quelques raisons de se débarrasser de lui.

Si les plus hautes autorités avaient voulu sa mort, il eût été facile de le poursuivre pour les accusations d'hérésies multiples et variées portées contre lui, de le juger à la va-vite et de l'exécuter. Le tableau était assez clair. Walsingham envoie Frizer faire le sale boulot. Frizer, au moment de porter le coup fatal, a un instant de faiblesse, de compassion envers celui qui a été son amant pendant deux ans. Il lui fait grâce de sa vie. Il ne fallait pas aller chercher beaucoup plus loin.

Marlowe était convaincu que c'était le Conseil de la reine qui avait mandaté Frizer, par l'intermédiaire de Thomas Walsingham. La preuve selon lui résidait dans le fait que Richard Poley était de la partie. Poley, le brillant, le fringant Poley, avec qui Marlowe prétendait avoir déjoué le complot Babington contre Élisabeth, Poley qui l'avait envoyé en mission en France, en Hollande, en Écosse, qui l'avait lui-même recruté à Cambridge, Poley, son initiateur, son mentor. La présence de Poley était, selon Marlowe, l'indice d'un ordre éminent. La réalité semblait beaucoup moins séduisante à Walter : Poley s'était trouvé là par hasard et sa présence avait peut-être sauvé Marlowe. Poley avait probablement accepté de mentir sur l'identité du corps que l'on avait montré au coroner. S'il avait été si facile d'obtenir cela de lui, c'était que la mort de Marlowe ne signifiait pas grand-chose et ne dérangeait pas grand monde. À la vérité Marlowe était seul, déserté par ses amis et patrons influents, il était devenu quelqu'un qu'il ne faisait plus bon fréquenter malgré ses succès au théâtre, un porteur de poisse, un ivrogne et un blasphémateur, une proie facile pour celui qui désirait s'en débarrasser. Sa mort, d'où qu'elle vienne, contentait tout le monde.

Il n'était donc pas certain que Marlowe fût vraiment en danger dans l'immédiat, que son présumé meurtrier se soit précipité à ses trousses. Walter avait écrit à Thomas Nashe, un de leurs anciens camarades de Cambridge, et lui avait demandé au passage des nouvelles de Marlowe. Nashe avait répondu que Christopher avait été tué dans une rixe à Deptford, et enterré au cimetière de l'église Saint-Nicolas du même bourg. Son meurtrier avait invoqué la légitime défense et s'en était tiré sans ennuis, sans emprisonnement ni poursuites d'aucune sorte. Ce fait troublant plaidait seul en faveur d'un assassinat ordonné par le Conseil privé. La nouvelle de la mort de Marlowe avait fait le tour de la capitale. Walter avait hâte de s'y rendre afin de tenter de comprendre ce qui avait pu se passer.

Marlowe reprenait des forces, veillé par Jane. Elle semblait s'être extirpée de la longue léthargie qui avait pris possession d'elle à peu près trois ans auparavant, à l'époque où son mari avait cessé de la désirer. Elle s'était alors retranchée en elle-même, avait vécu une existence de recluse, taiseuse et absente. Jusqu'à ce soir où Marlowe avait pénétré chez eux. Walter avait su aussitôt ; il avait éprouvé, avant que son esprit ait pu le formuler intelligiblement, qu'un événement était survenu. La foudre les avait frappés tous deux en même temps. Jane, sa femme, et Marlowe, son ami, son ancien amant. Marlowe, que la Providence, avait-il cru stupidement, lui rendait enfin. Marlowe auquel il pensait presque chaque jour depuis trois longues années ; qui hantait ses nuits d'insomnie, ses souvenirs confits de regrets, de rêves brisés.

Jane s'est donnée à cet homme. Plusieurs fois. Walter ne les a jamais surpris, mais il en est certain, simplement parce que sa femme rayonne d'un éclat qu'il ne lui a jamais connu, même au plus fort de son amour pour elle. Et cette lumière qui la consume la lui rend soudain de nouveau désirable, même si ce n'est pas pour lui que ce brasier flambe. Peut-être parce que ce n'est pas pour lui…

Il ne sait pas ce qui a brutalement éteint son désir pour Jane. Il se rappelle précisément le jour et l'heure où, pour la première fois, la proximité de son corps l'a décontenancé. C'était un soir d'été particulièrement chaud et humide. Ils étaient allés au bal des Browley, à Londres. Ils avaient beaucoup dansé, beaucoup bu, et en sortant, dans le clair de lune, il avait vu la peau de Jane luire de transpiration. De minuscules gouttes coulaient de ses tempes, une pellicule s'était formée sur sa gorge, à la naissance de ses seins, sur sa nuque. L'estomac de Walter se souleva, le repas et l'alcool ingurgités refluèrent au bord de ses lèvres. Jane avait envie de lui, une envie échevelée, que l'ivresse rendait un peu vulgaire. Ils firent l'amour, elle au-dessus de lui, perdue en un plaisir solitaire, égoïste, sans mesure.

Cette nuit-là, elle l'effraya. Il pensait n'avoir cure des préceptes rabâchés par l'Église, selon lesquels la femme est plus encline à la luxure que l'homme, plus prompte à céder aux avances de Satan, parce que sa chair est plus chaude et attise le désir ; des fariboles ! Pourtant à partir de cette nuit-là, il ne considéra plus jamais Jane de la même manière. En la regardant manger, se mouvoir, le frôler, rire et se fâcher, parler de leurs amis, commenter une pièce, un morceau de musique, il se sentait mal à l'aise. Il revoyait sans cesse son corps nu et blanc penché sur lui, ses seins dansant devant son visage ; ils devenaient brûlants, rouges et gonflés, et partout sur la peau de la jeune femme se formaient des cloques pareilles à celles qu'il avait vues sur les condamnés au bûcher. Le contact de son corps le mettait au supplice. Il parvenait à la pénétrer parfois cependant. Mais il avait désormais besoin d'artifices, de visions intérieures. D'abord ce furent des choses assez élémentaires, des détails, une main d'homme, une hanche, une épaule ; des membres isolés, immobiles, jamais de visages, jamais personne de clairement identifiable. Puis les membres se mirent à se mouvoir, et l'image s'agrandit, montrant une cuisse dans le prolongement de la hanche, une nuque en amont de l'épaule, et près de cette nuque, une joue, une bouche, des yeux, un visage entier, un visage jeune et arrogant, entouré d'une tignasse couleur de cuivre. Et il apparut que ce visage appartenait à un homme qu'il connaissait, et que cet homme était Christopher Marlowe.

Walter n'avait fait que trois fois l'amour avec lui, mais il se souvenait de chacune de leurs étreintes avec une douloureuse et maladive précision. Il n'avait pas été à la hauteur, à l'époque. Timide, prude, élevé par des êtres communs que la chair terrifiait, il répondait maladroitement aux gestes audacieux du poète. Il avait le souvenir d'une fois où le plaisir que Marlowe lui avait donné l'avait plongé dans la tristesse la plus profonde, et il avait pleuré toutes les larmes de son corps. Il s'attendait à ce que Marlowe use de la raillerie qui lui était coutumière, mais il n'en fit rien, au contraire il le réconforta avec tendresse, et Walter ne l'en aima que plus follement. Jamais il n'avait été capable de lui donner autant de bonheur que lui-même en recevait. Il restait prisonnier de ses peurs. Il ne possédait pas, ne posséderait sans doute jamais la liberté exultante, la voracité, la générosité de son amant ; et l'intimité avec les œuvres érotiques des anciens, les traductions d'Ovide et de Catulle ne l'aidèrent pas beaucoup. La poésie restait pour lui quelque chose de cérébral, d'absolument et irrévocablement dissociée de son corps, une expression désincarnée qui ne lui fut d'aucun secours dans sa quête du plaisir reçu et donné.

La rencontre de Jane l'avait métamorphosé. Du moins l'avait-il cru. Avec elle, il perdait un peu de ses inhibitions, il cherchait à la découvrir, à la comprendre, et dans la mesure du possible, à la combler. Elle n'avait pas reçu d'éducation pudibonde, et vivait dans une forme d'innocence avisée. Dans son château ouvert à tous les vents où tout le monde dormait avec tout le monde, où les bêtes et les garçons d'écurie partageaient le lit des maîtres, Jane avait grandi sans craindre la chair, sans s'en obséder non plus. Elle était vierge à leur mariage, ce qu'il eut le bon sens de trouver assez miraculeux, et elle se donna sans réticence, avec une curiosité gourmande et mutine qui le ravit, et lui donna confiance. Il avait la prétention de croire qu'avant de l'abandonner, il ne l'avait pas trop déçue. Ce qui le contrariait, c'était qu'il ne se sentait pas capable de lui témoigner toute la force de son amour par l'intermédiaire de son corps. Il restait un gouffre entre ce qu'il éprouvait pour elle et la façon dont son être de chair le lui exprimait. Et un beau jour, cela cessa de l'inquiéter. Il ne la désira plus, et il n'y eut rien à y faire. Ils n'avaient pas d'enfant, et si cela l'avait attristé longtemps, à présent il se réjouissait de cette stérilité ; il la concevait comme une juste punition du ciel ; son mariage était un mensonge, une mascarade. Il était un sodomite, un rebelle à la nature, une abomination. Dans ses jeunes années, il ne s'était pas trop tourmenté, s'était dit qu'il n'avait transgressé que trois fois seulement la fragile frontière entre le crime et l'amitié virile, si prisée dans la bonne société. Pierre n'avait-il pas renié le Christ trois fois avant d'être pardonné ? Et puis, il avait été soumis à la tentation, sous la forme d'un jeune homme d'une séduction hors du commun, persuasif, insistant, un artiste inspiré, passionné, coléreux si vous ne lui cédiez pas.

Kit ne pouvait être tombé amoureux de sa femme. C'eût été presque contre nature, venant de lui. Jane perdait la raison. L'abandon lui pesait tant qu'elle s'était toquée du premier homme entrevu depuis Mathusalem ; car ce n'était pas Big Jim le palefrenier ni Wilbur le régisseur qui l'auraient mise dans cet état. Walter reconsidéra la nuit de l'arrivée de Marlowe au manoir. Il devait s'être trompé, il avait été abusé par son imagination, par les ombres sur les murs, le fracas de la tempête, la silhouette même de son ami, vacillant dans la tourmente, à peine réelle. Après tout, Kit ne lui avait rien laissé entendre qui pût confirmer ses craintes. Il faisait l'amour à sa femme, c'était une réalité. Mais pour Marlowe, cela ne signifiait rien de particulier. Il allait là où le menait son désir. Exceptionnellement, c'était une femme qui avait éveillé sa convoitise. Demain, dans quelques jours, quelques semaines, il ne la regarderait plus. Il était encore souffrant, faible, il jouissait des attentions presque maternelles qu'elle avait pour lui. Mais une fois complètement remis, il redeviendrait l'homme qu'il avait toujours été ; celui qui désire, parle, jure, boit, rit, touche et transforme un simple geste en un fleuve de délices…

Et si les amours mortes renaissaient de leurs cendres ? Si Marlowe revenait vers lui ? Walter résisterait cette fois, il repousserait le démon, pas seulement le monstre aux innombrables têtes qui se tordait dans le corps et l'âme enflammés de Marlowe, mais le petit génie tenace qui vivait en sa propre personne et lui grignotait la moelle. Il fallait que Christopher quitte les lieux. C'était la seule chance pour lui, pour eux, de vivre. Jane se guérirait de sa passion subite et accueillerait son époux comme autrefois, lui pardonnerait et lui, Walter, se retrouverait de nouveau entier, serein, pleinement lui-même, bercé par l'innocence de leur amour renaissant. Il emmènerait Jane dans le Nord, son cher et épouvantable Nord, et elle le traînerait de nouveau dans les tourbières et sur les falaises, ils iraient contempler la pleine lune blême sur la lande désolée, ils s'égratigneraient à faire l'amour dans la bruyère et sur les grandes pierres plates gravées de signes étranges, et il serait trop heureux de se laisser maltraiter par la pluie battante et gifler par le vent.

Oui, c'était décidé. Il offrirait à Marlowe une traversée vers la France, la Hollande, le Danemark, le Nouveau Monde si cela lui chantait, et lui donnerait de l'argent pour vivre confortablement. C'est en ruminant ces pensées chaotiques qu'il gagna son lit. Il pria, comme chaque soir. S'il y avait eu un dieu pour l'entendre, ce dieu aurait recueilli, à travers les nues et les espaces infinis, l'expression de son repentir, de son espoir de renouveau, de sa foi en l'amour et la vie, de sa compassion pour les souffrances de Jane, et un peu aussi pour ses propres misères. Et si Dieu avait eu assez de patience ainsi qu'une bonne ouïe, il aurait encore entendu la petite voix intérieure de Walter, plus ténue mais non moins obstinée, l'exhorter à le libérer de son désir pour le poète, à le garder de la tentation ; et, enfin, avec l'humilité de saint Martin embrassant le lépreux, Walter demanda à son Créateur de lui permettre de vendre sa laine au meilleur prix, puis il rendit grâce à la reine de protéger le commerce anglais face à ces rapaces allemands de la Hanse, *in nomine Patris et Filii et Spiritus Sancti amen.*

9

Il l'avait entendue entrer dans la chambre mais n'en avait rien laissé paraître. Il avait continué à écrire n'importe quoi, juste pour faire crisser la plume sur le papier. Et l'attente se prolongeait. Il sentait son impatience derrière lui, pareille à la brume marine, épaisse et humide, tactile. Elle n'avait pu s'empêcher de frapper le sol de son talon, d'un petit claquement rageur. C'était presque un geste inconscient chez elle. Et, sans se retourner, il lui avait demandé si elle voulait connaître la fin de l'histoire. Décontenancée, elle avait bredouillé des onomatopées, des « non », suivis de petits « oui » honteux, et enfin « quelle histoire ? ». « Veux-tu ? » avait-il dit avec un peu d'irritation. Pas de réponse. Le petit jeu avait assez duré, alors il l'avait regardée en souriant, lui avait demandé de s'asseoir. Il souhaitait la mettre mal à l'aise. Il lui en voulait d'avoir lu en cachette et de ne pas lui en avoir parlé. Mais au-delà de cela, il avait besoin de connaître son avis. Durant quelques jours il avait réussi à ne pas lui en parler car il détestait éprouver l'envie de la consulter. Et finalement, c'était devenu une espèce d'urgence, qu'il ne s'expliquait pas mais qui le possédait entièrement. Il prit bien son temps pour feuilleter le texte, puis d'un ton naturel :

« Je ne sais pas où tu en es… Peut-être ici : *Et Léandre, à présent, commence à déployer Le feu sacré d'amour en mots…*

– Non, plus loin, marmonna-t-elle.

– Alors ici : *Bien moindre est le péché…* »

Elle restait silencieuse, l'air boudeur, comme si c'était lui qui avait mal agi. Pour toute réponse, il reçut un borborygme incompréhensible. Il jubilait.

« Ah, ici ? *Son visage soudain a changé de couleur, De colère ses yeux s'égarent çà et là. Et comme…* »

Jane l'interrompit, soudain exaltée :

« *… Et comme une planète au même instant se meut, En des sens différents, la pauvre créature, Aimant, voudrait ne point aimer, et tout en elle, Tente de résister aux appels de son cœur.* »

Ce n'était pas trop mal, énoncé par sa bouche, incarné dans sa voix, ça prenait même une certaine allure. Il plia la liasse de feuilles et la rangea dans le tiroir avec une attitude protectrice bien marquée, puis alla se coucher sur le lit. Il ouvrit les bras pour qu'elle le rejoigne, mais elle resta assise au bord du matelas. Il dit :

« Héro finit par céder à Léandre. Une nuit que Léandre doit aller la rejoindre à la nage, une tempête se lève ; il décide quand même de traverser. La mer engloutit le nageur. Héro, en découvrant le cadavre de son amant sur le rivage, se jette de sa tour. »

Jane reste silencieuse, sur la défensive. Elle d'ordinaire si bavarde, pas moyen d'obtenir quelques mots. Peut-être n'est-elle pas enthousiaste ? Cette histoire de vierge effarouchée et de grand benêt téméraire l'ennuie, au mieux la fait sourire ? Il poursuit, comme si elle l'en avait prié, et s'en veut alors qu'il égrène ses doutes :

« Je n'en suis encore qu'aux préliminaires. J'ai un peu de mal avec elle. Il me semble qu'elle minaude. Que sa résistance manque de sincérité. Tout ça est un peu affecté et je me demande si... »

Il s'arrête. Il lui semble avoir entendu « non ».

« Quoi, non ? » demande-t-il.

Jane s'explique :

« Non, elle ne minaude pas. Elle lutte contre elle-même. C'est sincère. On souffre avec elle. Il y a... Il y a ce passage : *Elle se sent frémir : s'il cessait de l'aimer ? Si ses propres pensées la rendaient... détestable ?* Non, haïssable. *Si ses propres pensées la rendaient haïssable ?* Puis elle s'élance vers lui... Tu connais la suite. »

Elles ont besoin d'être rassurées. Les femmes. Tout le temps. C'est étrange. Lui aussi a besoin d'être rassuré, comme une femme. Ce poème n'est pas mauvais. Elle lui demande ce qu'aurait fait Léandre si Héro s'était refusée à lui. Il se moque un peu d'elle en lui répondant que l'histoire ne le dit pas ; elle souffle d'agacement, et réplique « bien sûr, je le sais, mais toi, TOI, qu'est-ce que tu aurais inventé ? ». Il aimerait qu'elle s'allonge, il lui prend le bras, l'attire à lui, mais elle résiste, laisse cependant sa main dans la sienne. Elle trépigne. De nouveau ce petit claquement sec sur le plancher.

Il a soudain envie d'elle, il en a assez de parler des amoureux grecs, de décrire leurs corps et leurs attitudes et ce qui se passe dans leur esprit, il veut la voir nue et la toucher, qu'elle s'empale sur son sexe et ondule au-dessus de lui.

« Alors ? » insiste-t-elle, échappant à son étreinte.

Ah oui, Léandre éconduit… Qu'aurait-il fait ? Il se serait envoyé en l'air avec Neptune. Il le lui dit.

« Pourquoi Neptune ? interroge-t-elle, agressive.

– Parce dans ma version, Neptune tombe fou amoureux de Léandre.

– Fou amoureux ? répète-t-elle, comme un défi.

– Oui.

– Léandre aurait accepté l'amour de Neptune, si Héro n'avait pas voulu de lui ? »

Elle voulait entendre autre chose. Qu'aurais-tu fait, toi, si je t'avais rejeté ? Dis-moi que tu en serais mort de chagrin, de désir frustré, que tu aurais sauté d'une falaise… En tout cas, tu ne serais quand même pas allé te jeter dans les bras d'une autre, d'un autre, d'un homme ? Dis-le ! Ses yeux le toisent. Elle attend, tendue et sur ses gardes. C'est si tentant de la faire souffrir un peu. Mais il la contredit :

« Non, il se serait noyé.

– Mm », répondit-elle, à moitié convaincue, en se blottissant contre lui.

Il avait commencé à la tripoter, à délacer le corset, à remonter les jupes. Elle se laissait faire, à présent amadouée. Elle commençait à pousser de petits feulements de chatte, et il se voyait déjà en elle, mais brusquement elle le repoussa, s'appuya sur un coude et demanda :

« Que veut dire qu'une planète se meut en des sens différents ?

– Pitié, Jane ! Après, je…

– Non, maintenant.

– Cela signifie qu'elle tourne sur elle-même et aussi autour du soleil. »

Elle le fixa, épouvantée.

« Et qui prétend cela ?

– Les audacieux. Walter n'était pas contre l'idée, à une époque… »

Il prit sa bouche avec ses lèvres, puis le mamelon à travers la chemise. Elle réagissait à peine, effarée, complètement ailleurs.

« Walt… ? » murmura-t-elle, incrédule.

Il lui avait écarté les cuisses, s'était introduit en elle. Elle n'était toujours pas avec lui, son regard était vide, ses hanches oscillaient de façon mécanique, sans entrain. Il était excité de la posséder ainsi, alors qu'elle était encore perdue dans ses visions de sphères célestes en leurs révolutions. Elle continuait de parler alors qu'il allait et venait.

« Mais ce sont des idées dangereuses. Et tu me racontes ça, toi ! Comme si c'était une recette, une recette de… volaille farcie ou quelque chose… »

Elle se mit à murmurer des mots qu'il ne comprit pas. Il se demandait si elle priait, ce qui lui arrivait parfois dans les moments les moins opportuns. Mais ce n'était pas ça, ce ne pouvait pas être ça, car elle le rejoignait à présent, s'accrochait à ses hanches, enfouissait sa tête au creux de son cou et reprenait ses espèces de râles. Mais une part d'elle, il le savait, dérivait encore dans les espaces loin autour d'eux, du manoir, du Dorset, de leur île, de la terre, une part d'elle flottait dans l'éther, plus près du soleil. Il lui chuchota à l'oreille :

« Elle serait mauvaise, ma volaille. Je préfère te parler des astres… »

Elle murmura :

« Oui…

– Sais-tu qu'il existe une infinité de mondes ? »

Il sentait monter le plaisir de Jane ; le petit animal fabuleux à l'intérieur d'elle commençait à ondoyer.

« Encore, demanda-t-elle.

– Et que chacun de ces mondes possède un soleil comme le nôtre ?

– Chut…

– L'univers contient d'innombrables soleils.

– Des soleils… »

Elle se cambra, renversa la tête en arrière, tout son corps fut parcouru d'une ample vague, d'une folle impétuosité, suivie de plus petites vibrations allant decrescendo, jusqu'à ce qu'elle devienne aussi souple et douce qu'une très jeune enfant. En la caressant, il se rappelait l'impression que cela faisait de toucher sa sœur Anne quand elle était un nourrisson. Il ne savait pas que les femmes pouvaient elles aussi sembler disparaître, se dissoudre dans le plaisir, de manière plus profonde, plus absolue peut-être que les hommes. À la fois plus égoïste et plus généreuse. Il s'aperçut qu'il n'avait pas joui, trop occupé à la contempler, elle, perdue en son plaisir et pourtant tellement avec lui qu'il lui semblait qu'elle était en lui, et non l'inverse.

Ce fut elle qui se dégagea, se coucha sur le côté, le visage vers lui. Un sourire un peu narquois éclairait ses traits. Elle dit :

« Il y a quelque chose de bizarre dans le poème, un détail, tu sais… »

Marlowe n'a pas envie de parler de ça maintenant, sauf pour entendre des compliments. Il ne répond pas, mais elle continue :

« *Sur sa jupe azurée se voyaient maintes taches, Du sang qu'avaient versé d'infortunés amants…* »

Elle l'observe, son agaçant sourire toujours aux lèvres. Ben oui, quoi ?

« Ce sang, il vient d'où ? »

Il n'en sait rien, c'est une image forte, qui n'a pas besoin de justification. Elle sait ce qu'est la poésie, ou merde ? Il hausse les épaules, sans ajouter un mot.

« On imagine que les amants se sont mutilés et ont essuyé leur sang sur sa robe », dit-elle.

Elle mime les amoureux transis occupés à se lacérer la chair, les yeux révulsés, la bouche ouverte, un filet de bave au bord des lèvres. Il tente de ne pas rire, mais le petit spectacle est hilarant ; Jane interprète un prétendant qui essuie ses plaies sanguinolentes sur la robe, puis elle joue Héro, dégoûtée et honteuse, qui essaie d'échapper au répugnant importun comme si elle était harcelée par un mendiant contrefait. Il éclate de rire, lui attrape les bras, lui met une main sur la bouche.

« Ça suffit ! Comment oses-tu, vilaine ? »

Elle se débat, lui échappe, il la reprend, s'allonge sur elle. Elle rit aux éclats.

« Tu sais ce qu'on fait aux vilaines filles, aux petites voleuses comme toi ? »

Le visage de Jane se ferme brusquement. Elle le repousse.

« Laisse-moi ! » lui souffle-t-elle à la face, comme un chat en colère.

Marlowe la tient prisonnière sous lui, ses poignets dans ses mains. Elle essaye de le chasser avec ses jambes. Ils se battent presque. Elle parvient à se dégager, sort du lit, mais il agrippe sa jupe, tire Jane à lui, la retourne d'un geste brutal, la plaque ventre contre le lit, la tête enfouie dans un oreiller. Elle crie, agite les bras vers l'arrière, tente de le frapper, de le griffer, il remonte ses jupes.

« Je vais te punir, garce, attends un peu ! Je vais te faire ce que je ne t'ai jamais fait ! »

Il est surexcité, et en même temps furieux contre elle. Il est prêt à la violer. Mais elle se débat avec une force inouïe, elle amorce un cri qu'il parvient à étouffer en lui maintenant la tête dans les plumes. Il écarte ses fesses, car c'est autre chose d'elle qu'il veut explorer aujourd'hui, quelque chose qu'elle ne lui a pas encore cédé, qu'elle n'a cédé à personne, prétend-elle. Les muscles fermes lui résistent. La vue de la chair blanche des fesses contractées le rend fou ; il arrache le corset déjà presque entièrement délacé, déchire la chemise, découvre la chute de reins creusée, marquée de ce grain d'un noir bleuté, le dos, les omoplates et les épaules, et tout en haut sous la chevelure, rebelle à sa poigne, la nuque. Tout est expressif chez elle, chaque membre semble avoir toujours quelque chose à dire. Parfois il pense à ses organes, son foie, son cœur, ses poumons, et leur image mentale le ravit, le précipite dans un état de tendresse exaltée. Jane lui apparaît comme un miracle de perfection, la vie humaine poussée à son expression la plus aboutie. Elle a cessé de résister, il relâche la pression, la caresse, et au moment où il va la pénétrer, elle lui oppose une ruade, le désarçonne, se lève et, avant qu'il ait eu le temps de s'en apercevoir, elle l'a déjà giflé et s'en est allée, à moitié nue, vers la porte.

Bien, qu'elle aille au diable ! Il a le sentiment d'être un jouet entre ses mains. Quand il convoque des images de sa maladie, il en vomirait de honte et d'écœurement ; il se revoit allongé comme un bébé, impuissant, pendant qu'elle le viole, le nez plongé dans les feuillets, les mains légèrement tremblantes, l'œil avide. Et puis, il sait, il sent qu'elle a joui de le savoir à sa merci, dépendant entièrement d'elle, incapable de boire, de pisser, de chier sans elle ! Il lui en a voulu, Dieu comme il lui en a voulu ! Mais il ne bénéficiait heureusement pas de longs moments de pleine conscience, et ces accès de révolte se dissolvaient presque aussitôt dans la torpeur qui revenait implacablement envelopper son esprit d'un grand suaire opaque.

Jamais personne d'autre que sa mère ne l'avait assisté dans la maladie. Personne d'autre qu'elle ne l'avait lavé, pansé, nourri, torché. Et il n'avait jamais pu imaginer qu'il en serait autrement. Katherine, le rempart contre tout ce qui était vil, laid, sale, le refuge ultime où il déposait son âme frissonnante, son cœur meurtri, ses doutes, ses rêves. Christopher était son enfant préféré, elle n'en avait jamais fait mystère. Jusqu'à l'âge de dix ans, il venait la rejoindre chaque matin dans le lit conjugal à baldaquin flanqué de lourdes tentures damassées. Ce meuble, digne d'un roi, était la fierté de Katherine et générait déjà des disputes entre les sœurs de Christopher, pour savoir qui en hériterait.

À l'aube, il entendait le pas lourd de John, son père, qui se rendait à l'atelier de cordonnerie au rez-de-chaussée. Alors il sortait de son lit, entrait sans bruit dans la chambre parentale, se glissait sous les draps de lin et les couvertures, se lovait contre l'ample flanc de sa mère, encore sous l'emprise du sommeil. Il imaginait que le lit était une espèce de véhicule capable de voler, qui les emportait, Katherine et lui, loin au-dessus de la ville, jusqu'à Londres et même au-delà. Lorsqu'elle s'éveillait, il lui racontait leur voyage en cours, lui décrivait la destination qu'il avait choisie. Et Katherine s'émerveillait de cette aventure, non sans exprimer un peu d'inquiétude à la perspective de se trouver si haut, si loin de sa maison et des siens, de sa ville avec sa cathédrale, de tout ce qu'elle connaissait et qui lui était cher. Christopher devait alors la rassurer. Elle disait avoir un peu froid, il s'empressait de fermer les courtines, de la couvrir mieux, de presser ses mains dans les siennes et de souffler sur elles son haleine chaude, ainsi qu'elle-même le faisait avant qu'il parte pour l'école quand il gelait.

Il avait rendu visite à ses parents vers la fin avril. Katherine était inquiète. Depuis quelques mois la vie de son fils prenait un tour alarmant. À Londres, il avait reçu une injonction à respecter la paix. Insulté par un pilier de comptoir, Marlowe avait riposté physiquement et avait cassé de ses poings la mâchoire de sa victime. Peu après, armé d'une dague, il avait violenté un tailleur à propos du prix contesté d'un vêtement. L'homme avait déposé plainte devant la cour de Canterbury, et c'est John qui avait dû payer l'amende de cinq livres pour que l'affaire soit enterrée.

Christopher était nerveux, insécurisé. Il avait perdu la protection de son patron le plus important, lord Strange, probablement suite à une autre affaire : dénoncé pour faux monnayage à Flushing, en Hollande, et rapatrié pour comparaître devant le Trésorier de la reine, lord Burghley, il avait prétendu n'avoir jamais eu l'intention d'utiliser l'argent contrefait, il voulait juste voir si le procédé fonctionnait. Quand on l'avait arrêté, au lieu de se faire discret, son orgueilleux de fils n'avait rien trouvé de mieux que de clamer très bien connaître lord Strange !

Katherine ne croyait pas un mot de la déclaration de Christopher : s'il n'avait pas été découvert trop tôt, il aurait dépensé tout le faux argent possible. Christopher était toujours à court. Même dans les jours fastes, il se plaignait de devoir vivre chichement. Il était dépensier, n'avait jamais réussi à faire durer une somme, aussi importante soit-elle. Katherine gardait à son intention quelques pièces qu'elle parvenait péniblement à économiser sur les revenus de son mari. Elle les lui fourrait dans la poche, à la sauvette, avant qu'il la quitte, honteuse de ne pouvoir faire plus.

Il se souvient de la dernière fois où elle avait eu ce geste qu'il détestait, mais qu'il n'avait jamais le courage de refuser. Il avait trouvé six pennies dans sa poche. Six malheureux pennies qu'il avait aussitôt dépensés à boire, juste avant de se rendre au manoir de Scadbury, chez Thomas Walsingham.

En échange de conversations inhabituelles, de sourires et de quelques flatteries, c'est là qu'il trouvait le gîte et le couvert les derniers temps, de l'encre et du papier. Parfois une petite somme offerte avec une prodigalité nonchalante – qui l'ulcérait autant que le geste contrit et furtif de sa mère – lui permettait de s'acheter des livres, une paire de gants ou un manteau. Thomas était un homme qui avait des lettres et beaucoup d'ambition. Il appréciait sincèrement l'œuvre et la compagnie de Marlowe, et l'hébergeait avec plaisir. Cela était indiscutable. Et bon nombre de poètes se seraient réjouis d'être à sa place, compte tenu de sa réputation sulfureuse, de ses démêlés avec la justice et avec le Conseil privé, du zèle de l'archevêque Whitgrif, qui se plaisait à envoyer à la potence ceux qui affichaient des opinions séditieuses.

Scadbury était un endroit calme, confortable et élégant, propice à la création, où il était en outre envisageable de ne pas mourir de la peste. Mais on y rencontrait parfois des gens qui semblaient ne pas y être à leur place. Comme Ingram Frizer, l'homme qui avait pris le visage du destin de Marlowe, celui qui était en quelque sorte devenu sa Parque personnelle. Ni Frizer ni Walsingham ne savait que Marlowe était au courant de leurs affaires malhonnêtes. Et Marlowe n'avait aucune raison de penser que Frizer voulût sa mort pour protéger son maître et lui-même d'une indiscrétion. On ne tue pas quelqu'un pour si peu. Pas quelqu'un qui avait la notoriété de Marlowe, et ses entrées dans les hautes sphères du pouvoir, ce qui n'était pas encore tout à fait le cas de Thomas

Walsingham. Ou peut-être que si, après tout… peut-être que la vie d'un dramaturge à succès qui avait la protection de gens comme Henry Percy ou Walter Raleigh ne valait pas bien cher. Beaucoup moins cher que lui, Marlowe, avait eu la prétention de le croire.

Il y avait bien sûr l'épouse de Thomas, Audrey, cette longue chose plate aux grands yeux de reptile, glauques et globuleux, balayés de lourdes paupières dont les mouvements hypnotiques vous donnaient le haut-le-cœur. Audrey, avec ses rêves de grandeur, ses messes basses, ses manières d'intrigante de bas étage qui se prend pour Lucrèce Borgia. Elle savait qu'il savait, qu'il connaissait ses petites infidélités à la reine, ses demi-mensonges, ses contacts avec l'Écosse et le bon roi Jacques. Audrey détestait Marlowe comme la peste, c'était indiscutable. Elle était malveillante, mais n'avait rien d'une Salomé.

La voix de Jane résonne derrière la porte :

« Monsieur Marlowe ? »

La voilà déjà revenue. Elle l'appelle « Monsieur Marlowe ». C'est ce qu'elle fait quand elle est très contrariée. Il ne répond pas. La porte s'entrouvre. Apparaît son beau visage de Madeleine repentante. Il a envie de la chasser. Ou de l'embrasser. Elle entre, referme derrière elle.

« Tu m'en veux beaucoup, pour le poème ? »

Le ton n'est pas sincère. Plutôt la chasser.

« Il y a des choses qui ne se font pas », répond-il d'une voix sourde.

Jane se mord la lèvre. Puis redresse le menton, lui jette un regard plein de morgue.

«J'étais venue te faire des excuses, mais je vois que tu n'es pas très disposé à les accepter.

– Tu ne peux pas savoir. Tu ne me les as pas encore présentées.»

Jane s'empourpre.

«Et je ne le ferai pas. Bonsoir. J'enverrai Feargod te prévenir lorsque le repas sera prêt.»

Elle se retourne, va pour sortir. Il la rejoint, lui prend le bras, et lui dit avec une pointe de lassitude:

«Et si tu cessais tes enfantillages?

– Lâche-moi», souffle-t-elle en tentant de se dégager.

Marlowe n'en fait rien. Il est très près d'elle, mais elle continue à lui tourner le dos. Elle finit par le regarder.

«Je suis désolée. Tu as raison. Mais tu étais presque mort.

– Ah, alors ça change tout! Au temps pour moi.

– Tu te fiches de moi?»

Marlowe respire profondément. Pourquoi est-il encore allé lui répondre ça, au lieu de se taire? Il en a assez de ces mesquineries, de ce combat dans lequel elle l'entraîne malgré lui; il s'aperçoit qu'elle l'ennuie. Cette manière si féminine d'éprouver sans cesse les limites de l'amour, de la patience, de votre capacité à endurer, tout simplement. C'est éreintant, et cela doit bien finir par tuer quelque chose, à la fin. Mais ils n'en sont qu'au commencement. Au tout début des caprices de cette... folie furieuse qui s'est emparée d'eux. Il ne voit pas d'autre mot pour décrire cela. Aujourd'hui il est au moins sûr d'une chose: Héro et Léandre auraient fini par s'entretuer ou par se lasser irrémédiablement, s'ils avaient vécu.

Il reste un instant silencieux, ses yeux sombres dans les siens. Il s'approche d'elle, ses lèvres effleurent sa joue et viennent se placer contre son oreille.

«Je ne suis pas ta chose, je ne t'appartiens pas, même si j'ai pu te donner le sentiment du contraire. Tu t'ennuies, ta vie ne ressemble à rien de ce que tu avais rêvé quand tu régnais dans le château branlant de ton père. J'en suis désolé, mais je ne suis pas celui qui va changer ça. Je ne suis pas venu ici pour te soustraire à Walter, à vos moutons, à l'esprit étriqué de la gentry locale, à ton petit quotidien assommant. Je suis désolé. Et maintenant, j'aimerais travailler… »

Alors qu'il était certain qu'elle quitterait la pièce, ulcérée, en claquant les talons et la porte (qu'un menuisier était déjà venu réparer), elle lui prit la tête dans les mains et lui demanda pardon. Pardon, pardon, pardon, elle répétait le mot en l'embrassant partout et en le déshabillant. De la voir si éperdument désolée, il regretta ce qu'il venait de lui dire ; il le regretta si fort qu'il aurait donné n'importe quoi pour ne l'avoir pas dit. Et il la souleva jusqu'au lit, et lui fit l'amour, et ce fut si bon, si incomparablement bon et étonnant qu'il aurait voulu s'arracher la bouche qui avait proféré de telles horreurs, le cerveau qui les avait un instant formulées, à cette femme qui était devenue sa vie, son maître, son enfer et son paradis. Il pensait souvent à son amour sous forme de métaphores d'une banalité affligeante. Il en était confit de honte, même si jamais de telles imbécillités ne passaient ses lèvres, et que jusqu'à présent, elles ne contaminaient pas son encre ni sa plume.

La litanie des pardons reprit après l'amour, plus véhémente et plus bruyante aussi car il s'était joint à Jane. C'était à celui qui clôturerait l'incantation. Il céda le premier, parce que cela commençait à le faire rire. Il rit d'ailleurs tout son saoul, et elle aussi. Ils se firent apporter le repas dans la chambre, vidèrent deux carafes de vin, et s'endormirent étalés en travers du lit, entièrement nus. Ils ne prenaient plus la moindre précaution. Walter était en voyage d'affaires à Londres, et ils n'avaient plus rien à cacher aux domestiques.

10

La tête de Jane est le théâtre d'un concert d'ustensiles de cuisine. On y frappe sur des culs de marmites en cuivre, on y fracasse des plats et on y entrechoque des cruches. C'est l'expérience qui l'attend presque à chaque réveil lorsqu'elle a trop bu, ce qui arrive souvent. Elle sent le sang pulser derrière ses tempes ; son cœur bat vite, son haleine empeste le vin trop épicé. En s'extirpant du lit, elle doit s'aider en agrippant la colonne. Elle ouvre les tentures et découvre le crépuscule : derrière d'épais nuages sombres aux formes étranges, le soleil projette des lueurs pourpres, des oriflammes de soie changeante qui crèvent par endroits les masses d'obscurité en mouvement.

Elle observe la main de Marlowe posée sur le drap. Une main éloquente, ferme, aux doigts droits et réguliers. Une main qui a pour habitude de prendre ce qui lui fait envie. Une main qui connaît son désir, qui la pénètre comme elle le désire. À la droite, là où l'index touche le majeur, entre les premières phalanges, une tache d'un bleu profond, qui semble s'être incrustée sous la peau depuis des années et ne pourra sans doute jamais disparaître. Il y a d'ailleurs toujours, dans son sillage, un effluve d'encre fraîche. De ce lit qu'elle ne quitte presque plus, l'odeur minérale et piquante émane furtivement.

Un liquide chaud dégouline le long de sa cuisse. De la semence mêlée d'un peu de sang. Lui n'a que faire de ses menstruations. Elles ne le dégoûtent pas comme Walter, ou la plupart des autres hommes. Marlowe ne craint pas que le sang empoisonne son sexe, le ronge et le fasse ressembler au membre d'un lépreux, ou peut-être tomber, telle une poire blette. Jane n'était pas trop confiante d'abord, mais elle avait bien dû constater que rien de tout cela ne se produisait. Le sexe de Marlowe restait lisse et fringant, chaque jour aussi avide, aussi exigeant, brutal et tendre, et le contact du sang ne changeait rien à cet état de santé réjouissant.

La mère de Jane lui avait dit, la première fois que sa fille avait saigné : « La souffrance est la malédiction dont Dieu a frappé les filles d'Ève. C'est pécher que d'aller contre Sa volonté en tentant de calmer, par des potions et des onguents, les entrailles suppliciées. » Cela l'avait révoltée, cette perspective de souffrir sans remède plusieurs jours de chaque mois, jusqu'à ce qu'on soit vieille et plus bonne à se faire engrosser, ni à rien d'autre d'ailleurs. Et finalement, elle avait eu plus de peur que de mal. Mis à part quelques maux de tête, son corps réagit bien à cet état particulier qui revient avec autant de régularité chez elle que le chant du coq. La douleur est absente de son ventre et de ses reins.

Peut-être que ce qui lui est épargné ici lui sera infligé au centuple dans l'au-delà.

Marlowe se moque d'elle. Et parfois il se fâche. Il dit : « C'est le sang de la vie, c'est beau et terrible, et les prêtres ont inventé cette histoire de punition divine parce qu'ils ont peur de la Puissance, du Mystère et de la Vie. » Elle hoche la tête en souriant, et il dit encore : « Écoute-moi ! Tu n'es pas maudite, tu ne dois expier aucune faute. Tu es un être qui a le pouvoir de créer un autre être ; à l'intérieur de toi une créature toute neuve peut apparaître et grandir. Il n'y a rien de plus étonnant. » Et elle lui répond : « Non, il y a ce que tu fais, toi, ce qui naît et grandit dans ton esprit. »

Il l'avait fixée avec une expression difficile à déchiffrer. C'était pourtant ce qu'elle pensait confusément depuis longtemps, et qu'elle n'avait jamais formulé. Elle l'enviait de donner vie à cet étrange et merveilleux fruit né de sa pensée, de ses songes et de l'expérience de ses sens, ensemencés par un mystérieux souffle créateur. Il n'y avait aucun mérite à mettre au monde un enfant, sinon celui de risquer sa vie. On ne vous demandait qu'attendre patiemment, bras croisés sur le ventre si vous étiez bien née, la fourche ou le balai à la main dans le cas contraire. Attendre et prier, puis pousser et encore prier, et souffrir.

Elle lui avait confié qu'elle avait probablement fait mourir un enfant en elle quelques années plus tôt. Il avait voulu savoir pour quelles raisons. Elle était bien en peine de lui répondre. C'était au moment où Walter commençait à se désintéresser d'elle, au moment où elle avait le sentiment de dépérir. L'enfant était survenu, aussi peu à propos que le printemps à Noël. Il lui rappelait qu'il y avait eu un temps où Walter l'avait aimée. Et que ce temps-là était passé.

Silencieux pendant de longues minutes, Marlowe avait fini par dire gravement : « Tu as choisi. Tu es libre. » Elle s'était étonnée de sa réaction. Elle l'avait imaginée détachée, désinvolte, ou radicalement en faveur de son geste. Elle avait espéré qu'il allège son cœur du poids de la honte, comme il tentait toujours de le faire. Il avait semblé déçu et lui avait à peine adressé la parole pendant les heures qui suivirent.

Ils se disputent beaucoup. Il n'y a pas un jour sans qu'un conflit n'éclate. Elle est souvent fautive. Marlowe est querelleur, mais elle est un adversaire à sa taille, sinon plus vindicatif. Elle craint de le lasser, et plus cette pensée la tient, plus elle se sent devenir tout ce qu'elle redoute d'être.

L'air frais du large lui manque, et aussi le bruit de la mer et ses odeurs. Marlowe est sédentaire ; difficile de l'emmener dehors. Elle appelle Heather pour qu'elle l'aide à s'habiller, puis descend manger un peu de compote de cerises et boire du lait, appelle Master Jove et sort sous le ciel tourmenté. Elle a emporté la lettre arrivée la veille et qu'elle n'a pas ouverte.

Jane,

Je fais une halte à Winchester ; je devrais être à Londres demain soir. Je sais que tu retarderas le moment d'ouvrir cette lettre. Comme la lune lorsqu'elle passe devant le soleil fait oublier jusqu'à son existence, ta passion éclipse tout ce qui se tient sur sa route. Je ne t'écris pas pour te faire des reproches. Je reconnais mes fautes.

Tout d'abord celle de t'avoir abandonnée à ta solitude. Celle-là me semble la plus grande. Comprends-moi bien, je ne crois pas que si nous étions encore unis comme au début de notre mariage, tu aurais résisté à Christopher. Tu m'as dit: «Rien ni personne ne peut résister à cet homme», et tu avais raison. Devant certains phénomènes naturels foudroyants, il faut s'incliner.

J'ai d'abord voulu croire que son désir pour toi n'engagerait pas son cœur, que ce désir se tarirait, selon son caprice, la versatilité de son humeur. J'ai assisté tant de fois à ses élans sauvages et à la cruelle lassitude qui s'ensuivait; j'en ai moi-même souffert. Mais en ce qui te concerne, je sais que j'ai tort; en vérité, je l'ai su dès le début. Tu ne peux imaginer combien il me coûte de l'admettre. Une autre de mes fautes est d'avoir moi aussi trop aimé cet homme. Et il n'est pas un jour depuis sans que je ne me blâme pour cela.

Il m'est difficile d'exprimer les sentiments qui se bousculent en moi. J'assiste, impuissant, désespéré, envoûté, à l'union des deux êtres qui me sont le plus chers. Je t'ai vouée au silence et à l'oubli, je t'ai désertée, j'ai presque éteint la flamme qui brûlait en toi, j'ai bien failli y parvenir car, depuis des années, tu devenais lentement l'ombre de la femme que j'avais aimée, celle qui parle fort, et rit, se fâche et aime sans mesure, jouit sans honte, jouit de tout ce que la vie place sur son chemin. La vie t'a apporté Christopher, par mon intermédiaire. Il t'a désirée, plus fort, plus violemment qu'aucun autre ne pouvait le faire. Et tu lui as répondu. C'est dans l'ordre des choses. C'est aussi naturel que le cycle des saisons, les marées, les mouvements de la lune. Peut-être même faut-il y voir un signe de la volonté de Dieu. Du Dieu d'amour et de vie, principe vital dépourvu de colère, auquel j'adressais parfois mes prières dans ma jeunesse. Un Dieu façonné selon le désir, les fantasmes de l'homme que tu aimes, à l'image de sa liberté et de son infini pouvoir créateur.

Ton bonheur te rend à toi-même, refait battre la passion dans mes veines, ravive le feu. Je donnerais ma fortune pour remonter le temps et revenir à ce jour où je t'ai vue pour la première fois. T'ai-je vraiment perdue ?

Parfois je suis assez fou, assez stupide pour espérer que tu me reviennes. La passion que tu connais, si rare soit-elle, ne peut durer, c'est sa nature même de mourir d'avoir trop brûlé.

Je vais tenter de faire la lumière sur cette journée de Deptford qui a failli coûter la vie à Marlowe. J'ai besoin de savoir pourquoi on voulait sa mort, et qui précisément. Je t'entends me dire que cela ne changera rien à notre situation. J'ai besoin de savoir ce qui s'est passé. Besoin d'ancrer dans la réalité cette nuit où il m'a appelé à l'aide, de relier cet instant où il a pénétré dans nos vies à des faits, des choses concrètes et avérées. J'ai encore parfois l'impression que nous vivons une espèce de rêve éveillé, que Christopher n'est pas vraiment présent parmi nous, que tout ceci n'est qu'une illusion.

Que Dieu te tienne en sa sainte garde.

Je t'embrasse,
Walter

Elle replie nerveusement la lettre et la glisse dans son corsage, puis elle l'en retire et la fait disparaître dans sa manche. Elle n'a pas envie que les mots de Walter soient si proches de ses seins, de son cœur qui lui échappe irréversiblement. Elle voudrait chasser ces mots, les rendre à Walter, ne les avoir jamais lus. Que peut-elle bien faire de sa souffrance, de ses remords, de son étonnante capacité à comprendre ? Cette espèce d'élégance morale qu'elle avait adorée, presque vénérée à une époque où cette noblesse d'âme se manifestait aux autres qu'elle. Tous ceux à qui il pardonnait, qu'il ne voulait pas haïr, mais qu'il traitait avec une tolérance où perçait la condescendance, qu'il regardait de haut, du haut de son noble cœur plein de sagesse et de compassion. Aujourd'hui elle n'en peut plus de cela, elle ne reconnaît plus la beauté de cette attitude. Elle ne le croit pas quand il lui dit qu'il l'aime. Elle le giflerait s'il était là, devant elle, elle le giflerait à toute volée, jusqu'à ce qu'il lui hurle sa colère et sa jalousie, qu'il la traite de traînée, qu'il la voue aux tourments de l'enfer. Elle préférerait qu'il pleure et la supplie, qu'il s'humilie devant elle ; tout, excepté cette sollicitude, cette bienveillance un peu fière, cette indulgence trop généreuse et altruiste pour être vraie. Qu'il aille au diable avec ses éclipses et ses marées, ces termes où elle ne décèle qu'une pose, une manière de se présenter en victime consentante. Et que vient faire la volonté de Dieu ici ? Dans cet adultère entre une infanticide et un sodomite athée ? Ils sont damnés, tous les trois. Le chagrin et la frustration lui font perdre la raison.

Que va-t-il bien pouvoir dénicher sur Marlowe ? Elle déteste qu'il aille fouiner dans sa vie, poser des questions sur lui, récolter peut-être des choses qui ne devraient pas se savoir, des calomnies sans doute aussi. Et qui sait si sa petite enquête n'éveillera pas de soupçons ?

Le soir s'avance sur la mer, les nuages se fondent dans la nuit qui les engloutit progressivement. Le vent s'est renforcé, un vent marin qui soulève des franges d'écume et les projette dans l'air en bruine salée. Jane éprouve soudain l'intolérable réalité de la brièveté de l'existence. Une sorte de panique, d'affolement s'empare d'elle ; ses jambes se dérobent et elle tombe dans le sable. Elle ne pense qu'à courir vers le manoir, ne plus perdre une seconde, mais elle reste là, à contempler la mer qui lèche ses pieds et ses jupes. Master Jove se couche près d'elle et pousse son museau sous sa main. Elle plonge ses yeux dans ceux du chien et y trouve la force de se lever ; il l'entraîne vers le manoir. En mettant un pied devant l'autre, elle s'accroche à cette idée comme à une raison de vivre : elle va faire une tarte avec les fraises sauvages cueillies par May. Elle dira une prière pour que Walter revienne sain et sauf. Elle ne lui souhaite aucun mal, aucun autre mal que celui qu'elle lui inflige. Mais elle va d'abord faire la tarte, avec beaucoup de crème aigre et bien battue. Une bonne louche de miel dans la pâte. Et des amandes. Elle fait un geste dans l'air comme pour repousser quelque chose d'invisible.

11

Elle est allée passer deux jours chez des propriétaires terriens du Berkshire. Il a espéré ce moment. La présence intempestive de Jane et le désir permanent qu'il a d'elle l'épuisent. Et leurs derniers moments ensemble avaient été accablants. Ils s'étaient disputés, de nouveau. Jane était la proie de subites poussées de culpabilité et devenait irascible, elle lui en voulait et le harcelait. Et la violence physique s'était invitée ; il ne savait plus très bien lequel d'entre eux l'avait provoquée. Jane lui avait lancé un pot à la tête, mais il l'avait frappée. Ils s'étaient réconciliés au lit, comme toujours. Et après, il l'avait vouée au diable. Maintenant qu'elle est absente, il erre dans le manoir tel un fantôme, hagard, oisif, indécis. Une vague de chaleur s'est abattue sur la région depuis quelques jours. Il a la sensation qu'à chacun de ses pas, il se répand sur le sol ; un peu de lui fond, se liquéfie et le quitte pour pénétrer le carrelage et aller se réfugier au centre de la terre. Il n'y a pas un souffle d'air. Feargod sent encore plus mauvais qu'à l'accoutumée, et la vieille Heather respire mal. Faire l'amour dans cette fournaise était devenu un exercice presque héroïque.

En chevauchant avec Jane la veille à la vêprée, ils ont aperçu une vache et son petit gisant sur l'herbe roussie. Deux carcasses exsangues qui lui ont remué les tripes comme s'il avait vu une femme et son bébé à la place des bêtes. L'aveu de Jane l'avait troublé au-delà de ce qu'il pouvait comprendre. Il avait toujours éprouvé de l'indifférence pour les femmes qui ne voulaient pas de l'enfant qu'elles portaient, quelles que soient les raisons de ce refus.

La nécessité obsessionnelle de procréer le laissait perplexe. Il existait en l'homme une espèce de rage de se reproduire qui, au-delà de l'exécution du commandement biblique, semblait l'expression d'un désespoir, d'une terreur viscérale et égoïste face à la mort. Engendrer pour ne pas mourir tout à fait. Les pauvres étaient paradoxalement les plus acharnés à peupler la terre d'autres malheureux. Sans doute parce que c'était la seule manière pour eux de laisser une empreinte, un signe, si misérable fût-il, de leur passage en ce monde. Y laisser tomber quelques gosses, comme on plante les choux, en espérant qu'un ou deux spécimens arriveraient à maturité, et vaudraient bien le mal qu'on s'était donné. Les riches nourrissaient une autre obsession, celle de perpétuer le nom, le pouvoir et la fortune. Et là encore, derrière les discours sur l'honneur, les vertus de la race, le service au souverain et à Dieu, hurlait la crainte de la finitude, le désir démentiel d'immortalité.

Il avait vu sa mère de nombreuses fois enceinte, courtisée par la mort à chaque accouchement, épuisée et brisée après avoir échappé à ses bras. Elle n'était pas particulièrement au comble de la joie quand on la découvrait enfin, le teint gris, les traits tirés, les cheveux sales, tenant contre son sein la minuscule petite chose vagissante. Marlowe avait toujours eu l'impression qu'après sa naissance, sa mère se serait bien passée de toutes les autres. Elle n'aurait jamais osé dire une chose pareille, ni même la penser, mais tout son être n'avait cessé de l'exprimer à son corps défendant.

Lui, qui se félicitait de ne laisser au monde que les fruits de son art, devenait la proie d'une rêverie inquiète. Il se surprenait à désirer que l'amour infini qu'il éprouvait pour Jane s'incarne autrement que dans l'étreinte, les baisers et les serments, ailleurs que dans ce trop bref moment de jouissance.

Jane l'avait laissé près des vaches mortes pour aller s'assurer auprès d'un régisseur que les moutons avaient de l'eau en suffisance. Il avait regagné seul le manoir, son mal de tête l'avait repris et ne l'avait pas lâché de la nuit. Walter ne rentrait pas. La peste qui sévissait à Londres depuis le printemps se prolongeait. Jane quitta Chestnut Hall le lendemain à l'aube.

C'était peut-être un avant-goût de l'enfer, cette chaleur anormale, et il avait déjà commencé à griller avant l'heure prévue. Il se sentait seul, plus seul que jamais, bien plus que dans les pires moments de sa vie, ceux qui avaient précédé sa rencontre avec Jane. En sa présence, malgré les conflits, il avait l'impression d'être complet, plus entier qu'il ne l'avait jamais été, et quand elle l'abandonnait, le vide en lui était si abyssal, le sentiment d'inutilité si profond qu'il avait envie de mourir. Il convoquait alors le souvenir de Thomas Watson, son plus précieux, son plus cher ami. Les années où ils s'étaient assidûment fréquentés restaient les plus heureuses dans la vie de Marlowe. La découverte de Londres, l'apparition du succès, les missions, la grande vie de bâton de chaise, tout cela était indissociable dans son souvenir de la présence du poète.

Watson était mort de la peste en septembre. Après cette perte, la fortune avait indiscutablement été moins favorable à Marlowe. Et de manière générale, ce funeste mois avait été suivi par toute une kyrielle de calamités : la mort noire s'était réinvitée dès janvier et avait fermé les théâtres, on poursuivait et on assassinait les gens qui ne pensaient pas droit, puritains, athées, dissidents en tous genres, on craignait la guerre avec l'Espagne, la haine grondait contre les protestants étrangers fuyant les persécutions en Europe, auxquels on reprochait de voler le gagne-pain des Anglais. Les horreurs commises sur le continent entre catholiques et protestants dépassaient l'entendement. C'était une atmosphère morbide et déliquescente qui sentait la fin du monde. Mais par-dessus tout, Watson était mort.

Quelque quatre ans plus tôt, Watson lui avait sauvé la vie. Sans son aide, Marlowe aurait succombé sous les coups de ce blanc-bec de Bradley, à propos d'une somme que Watson lui devait. À bout de nerfs à force d'entendre les récriminations de l'homme, Marlowe l'avait provoqué en duel.

Watson était arrivé juste à temps et, sans une hésitation, avait tué Bradley d'un coup d'épée.

En garde, sérieux comme un adolescent, Bradley devenait soudain digne d'intérêt. Ses mouvements avaient quelque chose d'animal, non dénué de séduction, et il accompagnait ses attaques d'un rictus qui lui donnait l'air intelligent. Marlowe était distrait, parait aux coups sans conviction, envoûté par la vision que lui offrait son adversaire. Il se souvient de leurs deux corps se déplaçant comme au ralenti, de la ronde des faces congestionnées autour d'eux, de l'air tout chargé d'orage, du sentiment de sérénité qui l'avait envahi, alors que la pointe de l'épée de Bradley frôlait sa poitrine ou son visage, sifflant dans l'air lourd.

La foule applaudissait, hurlait pour encourager son favori. Marlowe était l'élu de son cœur, et il avait provoqué Bradley peut-être aussi un peu parce qu'il mourait d'envie d'éprouver combien le bon peuple du quartier de Norton Folgate le chérissait. Il se retournait souvent face à la foule et l'encourageait à scander son nom. Mais Bradley ne se laissait pas impressionner, et il en va du combat comme du théâtre : le public y devine toujours le manque d'engagement, l'impardonnable imposture. Marlowe ne se battait pas comme il en avait l'habitude, la rage de vivre au ventre, la joie mauvaise aux lèvres. Alors on avait changé de credo, et c'était le fringant Bradley qui avait déchaîné les passions. C'est au moment où Marlowe commençait à fatiguer dangereusement, hué par la foule, que Thomas avait surgi de nulle part et embroché Bradley comme une volaille. L'autre se fendait avec panache, et deux secondes plus tard il gisait dans son sang, réconcilié avec sa mine bornée et son regard vide.

Marlowe et Watson avaient passé plusieurs jours dans la prison de Newgate. Ils avaient été libérés en plaidant la légitime défense. Watson avait eu un peu plus de mal à se tirer d'affaire. Comme toujours Marlowe s'en sortait à très bon compte. Jusqu'à ce soir à Deptford et malgré ses récents revers de fortune, il avait pris pour argent comptant l'intervention du destin en sa faveur, et avait usé et abusé de son impunité. Il s'était cru élu par la vie, envers et contre tout.

Pourquoi n'est-ce pas toi, Thomas, qui reviens d'entre les morts pour me visiter ? Mais peut-être es-tu là, à mes côtés, sous une forme bienveillante, plus subtile que ces hideuses apparitions de Kyd et de Greene ? Je sens parfois comme une onde de chaleur se propager tout autour de moi, un souffle immobile, qui a la sollicitude de ton sourire, l'optimisme de ton regard, ta foi en l'homme et en la vie. Est-il possible que ce que je ressens soit un reste de toi, sous la forme invisible de la matière et de l'esprit qui te constituaient ? un vestige bien réel de ton être ? Tu as entendu comme moi les paroles du Nolain. Il prétend que nous sommes des morceaux de l'âme du monde, des parcelles de la monade ultime, essentielle, qui existe en chaque être vivant de toute éternité et à jamais ; il déclarait avec une jubilation contagieuse que chaque corps change et se renouvelle sans cesse ; quand une forme meurt ici, elle se reconstitue ailleurs. Es-tu bien là, mon Thomas, poussière d'hommes et de femmes, d'arbres et de bêtes, d'astres lointains et de soleils ? Bruno apaisait mon âme tourmentée par la prescience de la vacuité du ciel. Il ne faut pas chercher Dieu dans le ciel, disait-il. Nous sommes dans le ciel et il y est avec nous. Je suis plus enclin à penser cela du diable.

Sais-tu, Thomas, que je ne me suis jamais senti aussi vivant que depuis que je suis mort ? Il y a cette femme, que tu as dû croiser si tu passes un peu de temps à mon chevet. Elle me met hors de moi. Mais j'ai comme projet de la mieux connaître et de l'aimer beaucoup. Après cela, et ce ne sera pas long, après cela je te rejoindrai.

On frappe à la porte d'entrée du manoir. Personne ne vient. Les coups redoublent d'intensité. Marlowe ne doit sous aucun prétexte aller lui-même accueillir les visiteurs. C'est la consigne. Mais en cette matinée cuisante qui semble hors du temps, il n'en a cure, descend l'escalier, ouvre grand la lourde porte, et se trouve devant un jeune garçon portant un chapeau de paille. Son visage est doré et ses yeux verts sourient. Il ôte son chapeau avec grâce. Une vision surgie des siècles passés, des brumes de l'Olympe. La vivante image d'un jeune dieu champêtre. Marlowe reste muet face à l'apparition.

« Bonjour, *sir*. Je viens livrer le foin. Mais j'ai trouvé personne à la ferme, alors je m'suis permis… »

Sa voix est agréable, ses dents sont petites, blanches et bien rangées. Il a des cheveux d'un blond de miel cristallisé, mi-longs et bouclés. Le jeune homme accepte le verre d'*ale* que Marlowe lui offre dans la fraîcheur de la cuisine. Quel âge peut-il avoir ? Quinze, seize ans tout au plus. Il vient de Church Knowle. Non, Marlowe ne connaît pas ce village.

Mais il veut bien croire que c'est un village béni, pour receler un tel trésor. On parle un peu du temps qu'il fait, des bêtes et des gens qui souffrent. Le garçon lui raconte qu'un vieil homme errant, un mendiant tout vêtu de noir et sale à faire peur est venu au village et a commencé à haranguer les gens sur la place, juché sur une caisse en bois. Il annonçait les pires calamités, la canicule, disait-il, était un signe de la fin des temps. Le jeune homme demande à Marlowe ce qu'il en pense. Il ne pense rien de ces prophètes de malheur exaltés. Et c'est ce qu'il dit au garçon. Il prend conscience qu'il est las, au-delà de toute expression, de ces terreurs superstitieuses. Sa réclusion à Chestnut l'a protégé de la bêtise, de la couardise et de l'imagination indigente des hommes. C'est si triste, ce superbe jeune homme qui tremble déjà avant de vivre.

Master Jove s'est approché du garçon sans gronder, ce qui n'arrive jamais avec les inconnus. Le chien lui lèche la main, et le garçon lui tapote la tête. Marlowe éprouve un peu de jalousie. Il aimerait chasser l'animal mais ne veut pas blesser le jeune homme, qui se redresse et lui sourit. Depuis combien de temps n'a-t-il vu semblable miracle de la nature ? Le garçon a un geste pour essuyer son menton après avoir bu, un geste qui fait émerger un autre visage, passionnément aimé, le seul, sans doute, avant Jane.

Henry Percy, comte de Northumberland, surnommé le « comte sorcier », avait le même âge que Marlowe. Il avait voulu cet homme comme jamais rien d'autre dans sa vie, pas même la gloire. Certain que le jeune comte partageait ses sentiments, il s'était lancé à la conquête de Percy avec la fougue et l'outrecuidance qui sont les siennes. Percy, avec beaucoup de tact, lui avait fait comprendre qu'il ne désirait pas aller plus loin que ce que l'amitié entre hommes autorise. Ils pouvaient partager le même lit, mais cela ne signifiait pas qu'ils y feraient autre chose que bavarder. Et ils avaient donc bavardé, des nuits entières, dans la fumée du tabac qui montait à la tête et attisait un désir voué à ne pas trouver d'exutoire. De temps à autre cependant, la main de Percy traversait les volutes bleutées pour se perdre vaguement dans sa chevelure, ou effleurer distraitement sa cuisse. Marlowe était déçu : Percy ne lui avait pas paru faire partie de ces hommes qui ont le cul entre deux chaises. Mais c'était ainsi et ils vécurent leur amitié de la façon dont l'entendait le comte, avec des caresses évanescentes, des mains égarées, des jeux de mots et des allusions érotiques. Le dernier souvenir qu'il garde du comte est celui du sourire apitoyé qui avait fleuri sur son beau visage acéré quand Marlowe avait exposé sa situation précaire et son besoin urgent d'un patron. Percy lui avait tendu une bourse. Marlowe était condamné à accepter la charité. Et la même pathétique histoire se répétait ici, avec Jane et Walter.

Il se vit couché dans la charrette du livreur de foin, repartant avec lui sur la route, dans le soleil couchant. Ils vivraient de plaisirs simples et de la pitié des braves gens. Car tant qu'à mendier, autant le faire franchement, sans évoquer aucun motif, en disant simplement « J'ai faim, j'ai soif », pas pour l'amour de l'art. Car c'était cela qu'il avait passé sa vie à rabâcher : « Donnez-moi à manger, un toit au-dessus de ma tête et un manteau pour l'hiver, sinon le miracle n'adviendra pas, l'œuvre restera à jamais dans les limbes du néant, de l'increé.

Et vous, puissants, si vous ne me faites grâce de vos largesses, vous ne récolterez pas une once de ma gloire, vous ne pourrez vous approprier un peu de mon génie, par réfraction, par contamination, car c'est cela qui vous fait bander et vous rend généreux, c'est de participer, même de loin, au mystère de la création, à l'étreinte sacrée du poète avec les Muses. »

En sortant de ses pensées il s'aperçoit que le jeune homme l'observe attentivement, presque avec amitié. Il revoit Percy dans toute l'attitude, le demi-sourire, le modelé racé de la joue et le menton très dessiné. Une beauté qui l'avait ému plus durablement sans doute et peut-être plus profondément qu'il avait bien voulu le croire. Il s'approche, prend la nuque du garçon d'une main, pose son autre main sur sa joue. Le jeune homme recule un peu, mais ne se dégage pas ; il est comme pétrifié. Marlowe pose un long baiser sur ses lèvres, le lâche, se détourne et, d'un ton soudain plein de morgue, lui dit de s'en aller.

Il avait chevauché le soir le long de la mer, s'y était baigné. Au lieu de se débarrasser de la sensation de sa main sur la joue du garçon, de ses lèvres contre les siennes, il n'avait fait que l'éprouver davantage. Il se faisait penser à ces hommes mûrs cherchant le plaisir de la chair fraîche afin de se donner l'illusion de la jeunesse. Des hommes comme il en avait connu beaucoup, avec lesquels il avait parfois accepté de coucher, par curiosité, pour un cadeau, une information, plus rarement par réel désir. La jeunesse l'abandonnait. Il avait éprouvé cette vérité au contact du jeune homme : la fraîcheur de sa peau, la santé de ses dents et de son haleine, l'odeur qui émanait de tout son corps l'avaient décontenancé, l'avaient surpris comme autant de qualités que lui-même ne possédait plus. Il s'était senti défraîchi, passé, indigne de l'éphèbe livreur de foin.

Il était resté trop longtemps dans l'eau froide et sombre, espérant y trouver l'apaisement, une issue, une lumière. À plusieurs reprises il était descendu loin, mais les fonds opaques délaissés par le soleil n'offraient que le spectacle d'un sol triste fait de sable et de cailloux ; il avait regagné le manoir dans la nuit noire, s'était effondré sur son lit sans ôter ses vêtements humides et imprégnés de sel. Au terme d'une heure de sommeil, il avait écrit tout en buvant. Il plongea avec Léandre dans les abysses, en rapporta quelques trésors naufragés dont les images, dans l'ivresse, l'éblouissaient comme un enfant. Il pensait à elle, c'était elle qu'il voulait émerveiller, qu'il voulait ravir. Il lui avait menti, car il brûlait de l'enlever à son ennui, à son dieu, à Walter, à tout ce qui l'empêchait d'être à lui. Ou plutôt, et avant tout, à elle-même. Il lui apparut en effet que Jane méritait de s'appartenir. Cette certitude prenait racine en lui avec la puissance tranquille d'un élan de foi religieuse, ou du moins de l'idée qu'il s'en faisait.

C'est en pensant à elle encore, étrangement, qu'il écrivit la scène de séduction entre Neptune et Léandre. C'était pour elle, cette danse amoureuse entre hommes, c'était une manière de lui dire qui il était, lui, qui il était sans elle. Une manière de lui signifier qu'elle était l'exception, la seule, l'unique femme. Parce que c'était elle. Il tomba endormi sur ses feuilles, hanté de visions de corps nus dans les vagues, de joyaux oubliés réfléchissant leur lumière sur les chairs mouvantes.

12

Heather glissa la lettre sous la porte. La quatrième heure de l'après-midi était presque révolue et il dormait encore. Cela n'étonnait plus la vieille femme. Il se levait bien plus tard depuis que Jane était chez Anne Sewell. Elle prolongeait son séjour, Dieu savait pour quelles raisons, puisqu'elle n'aimait pas tellement cette femme, et ne la fréquentait que par intérêt, son mari faisant souvent affaire avec Walter. Mais Heather devinait que Jane restait au loin pour échapper à l'emprise du poète. La servante ne pouvait s'empêcher de penser que sa maîtresse risquait sa vie dans les bras de cet homme. Non pas qu'il pût lui faire du mal. La vieille connaissait la violence de leurs rapports, et savait combien Jane était autant que lui responsable de cela. Heather sentait confusément que Jane était sans doute aussi dangereuse pour lui que lui pour elle. Ce qu'elle redoutait par-dessus tout, c'était la manière dont Walter pouvait réagir. Il avait semblé jusque-là plutôt indifférent à la liaison de sa femme avec son ami. Mais Heather avait quelquefois surpris dans son expression une ombre furtive qui ne lui avait pas plu.

Marlowe remue dans son lit de l'autre côté de la porte, elle peut entendre le froissement des draps, le bois du lit qui craque sous les mouvements du corps. Quelque chose se serre dans sa poitrine. Elle le sait encore fatigué, ainsi qu'à chacun de ses levers, le visage chiffonné comme celui d'un enfant, la tête douloureuse. Car le mal ne l'a pas encore quitté. Il semble désormais faire partie de son existence. Une des croix qu'il doit porter, et sans doute pas la plus lourde.

Elle devrait partir, mais elle reste là, l'oreille à la porte, la main posée sur la clenche. Il y a en Marlowe une qualité qui a fini par avoir raison de son antipathie. Heather est bien incapable de nommer cette chose qui fait jaillir en elle un élan irrépressible vers lui ; elle aimerait parfois le prendre dans ses bras et le consoler du chagrin infini qui l'habite. Cet homme a rendu Jane à elle-même. Et ce faisant, on dirait qu'il a perdu un peu de lui en elle. De le voir se faner depuis qu'elle est partie, comme une plante sans eau, de l'entendre dire son nom dans son sommeil, cela égratigne le vieux cœur de Heather, qu'elle pensait incapable de se blesser depuis la mort de ses deux fils et de sa fille ; elle aurait le même âge que Jane, cette fille dont elle n'a plus jamais prononcé le nom depuis sa mort. Elles les avaient nourries en même temps, chacune à un sein. Dans son souvenir leurs visages se confondent. Elle chasse l'image d'un haussement d'épaules.

Elle n'y tient plus, ouvre la porte et ramasse la lettre. Marlowe se redresse.

« Heather ? Bonjour ! Vous êtes bien matinale ! »

La vieille servante est embarrassée par la remarque. Elle se doute que c'est son ironie coutumière, mais il a l'air si perdu, mal éveillé qu'elle ne risque aucune répartie.

Heather tend la lettre.

« De Jane », dit-elle avec un ton qu'elle aurait voulu moins bourru.

Elle remarque l'onde qui parcourt son corps pâle. Il tend une main fébrile pour qu'elle lui donne le pli, mais elle le dépose sur la table. Elle ne se résout pas encore à l'approcher d'aussi près dans cette situation intime. Il a pour habitude de dormir sans chemise. Si elle pouvait, elle couperait une bonne partie de cette tignasse échevelée, qu'il n'a pas dû peigner depuis longtemps. Et voilà qu'il se lève pour aller chercher la lettre, nu comme Adam devant elle, sans aucune honte. Et elle s'étonne de ne pas en éprouver non plus. Il se recouche, se recouvre du drap jusqu'aux hanches, décachette et commence à lire. Heather reste un instant à l'observer ; lui a complètement oublié sa présence.

Il lui semble si jeune. Elle peut voir en lui l'enfant aux yeux sombres et veloutés, des yeux qui vous faisaient céder au moindre de ses caprices. La mère de Marlowe devait en être folle. Que savait cette femme du destin de son fils ? Elle était sans doute en grand deuil, encore incrédule face à la perte d'un tel concentré de vie et d'amour. Comme s'il avait lu dans ses pensées, Marlowe lève les yeux de la lettre et plonge intensément dans ceux de la servante. Heather soutient longtemps le regard brûlant mais amical, puis se retourne, sourit pour elle-même, ouvre un peu les tentures, avant de sortir en emportant la carafe de vin vide et le verre maculé de traces de lèvres.

Christopher,

Je suis bien sotte d'être venue m'enterrer dans ce cimetière. Ces gens sont déjà morts, alors que toi tu es bien vivant là-bas, avec tes yeux, tes mains, ton sexe, tes mots, ton rire. Je moisis dans cette maison austère où on ne me parle que de récolte perdue, de bébés qui font leurs dents, d'insectes nuisibles, de chemises brodées ; je traîne ma misère dans les pièces écrasées de chaleur parce que cette crétine d'Anne Sewell prétend laisser les fenêtres grandes ouvertes aux heures où le soleil est le plus intense.

Peut-être as-tu décidé de quitter Chestnut Hall ? Te souviens-tu du jour où nous avons rencontré ces pêcheurs qui partaient pour les Cornouailles ? Ils nous avaient parlé de ces îles où il fait toujours beau et où l'air est doux, même au cœur de l'hiver. À deux heures de bateau depuis la pointe des terres… De là avaient été aperçus les premiers navires de l'Armada. Un des hommes avait vu le galion de tête surgir de la brume et avait cru à un vaisseau fantôme. Et tu avais évoqué la gigantesque flotte fendant les vagues, les Espagnols ivres de sang et de victoire, et le bruit des canons, le chant des marins avant la bataille, l'envie que tu avais d'en faire une pièce, où on verrait la reine haranguer ses troupes depuis la côte, en armure sur un cheval caparaçonné, la reine idéalisée, plus puissante et plus belle qu'aucun artiste et aucun poète ne la peindrait jamais. Élisabeth, immortalisée par tes vers et à jamais reconnaissante, prête à te gracier, à t'accueillir comme son enfant terrible et adoré. J'avais senti en toi l'impulsion farouche de monter à bord du modeste navire et de lever les voiles avec ces hommes rudes et vrais. J'ai failli t'exhorter : « Pars, pars avec eux, il faut vivre, et écrire, et aimer ailleurs. » Je n'ai pas le courage de te dire cela. Je suis bien trop égoïste.

J'ai annoncé aux Sewell que je les quittais bientôt. Ils n'ont pu cacher leur soulagement, même s'ils protestent du contraire avec force soupirs obséquieux ; ils ont si peur de compromettre leur bonne entente avec Walter. Et, j'avoue, j'en profite un peu ; je suis infernale avec la grosse Anne, odieuse avec le fils de dix ans qui est méchant et bête à pleurer. Il n'arrête pas de martyriser le chien qui fait tourner la broche aux cuisines. Cette pratique de garder un chien dans une cage et de le faire marcher pendant des heures est déjà d'une cruauté inqualifiable, et il m'est devenu presque impossible de le regarder, et même de penser à son calvaire… Je n'ai pu m'empêcher de donner une bonne correction au garçon en lui tirant un peu les oreilles et les cheveux, je dois lui avoir flanqué une ou deux gifles aussi. Et j'ai libéré le chien. J'ai envie de ramener cette pauvre bête avec moi, mais je sais qu'un autre prendra aussitôt sa place dans la cage, et je ne peux pas sauver tous les chiens-tournebroches du pays…

À bientôt, si tu ne t'es pas lassé des odeurs de Feargod, de la froideur de Heather, de l'ombre du châtaignier, de la quiétude parfois trop intense qui règne en ces lieux, de mon absence, ou de la perspective de ma présence envahissante. Je me demande comment va Master Jove… Son humeur maussade quand je suis loin de lui peut être usante pour les nerfs. Mais si tu l'emmènes en promenade, il te sera éternellement reconnaissant. Et moi aussi.

Je continue de m'inquiéter pour Walter. S'il ne revenait pas vivant de son séjour, je saurais que Dieu nous a punis. Je sais que cette idée te met dans une colère noire. Je n'y peux rien, elle me taraude.

Où en est ton poème ? Il faut que je te dise ce que je ne t'ai jamais avoué de vive voix, par orgueil sans doute, ou de crainte de nourrir ce Narcisse en toi, déjà bien replet : Héro et Léandre *sera une grande œuvre, novatrice, audacieuse. Mais il ne faut pas céder à la facilité qui serait de faire de Héro une jeune oie stupide et timorée. Héro sait l'art de la séduction, d'instinct. Elle recule le moment du plaisir et ce faisant, c'est elle qui mène la narration, elle qui tient le lecteur en haleine. Elle fait danser Léandre sur la tête. N'oublie pas ça. D'ailleurs, j'aurais peut-être dû faire la même chose avec toi…*

Jane

Les pêcheurs… Il avait rêvé un instant qu'ils l'emmènent. Il avait naïvement cru n'avoir rien laissé paraître. Elle lisait dans son âme. Parfois ce don l'effrayait. Comme l'effrayait la justesse de ses conseils concernant son poème. Jane. Insupportable petite créature vivante, voleuse d'âme. Muse tyrannique. Petite sorcière. Femme. Il se souvient de cette fois où il l'avait observée depuis la fenêtre de sa chambre. Elle était au milieu des rosiers, à couper les fleurs fanées. Une poignée d'abeilles s'était abattue sur les roses, bourdonnant et s'agitant tout autour d'elle, qui s'était mise à leur parler. Les femmes de la campagne parlent aux abeilles parce qu'elles craignent que les insectes s'ennuient et délaissent leur jardin pour un autre. Elles leur confient leurs secrets. Que leur racontait Jane, avec sa voix un peu rauque, ses gestes expressifs ? Elle avait fini par chantonner doucement en se balançant dans la brise chaude qui soulevait le voile protégeant sa gorge du soleil. Elle n'avait pas l'air toute juste dans sa tête et cela lui plut tant que les larmes se massèrent au bord de ses paupières. Il reconnut son propre nom au milieu de mots qui lui restaient incompréhensibles, emportés par le vent du sud.

Jane,

Comment peux-tu supposer que je quitte Chestnut Hall ? Le voudrais-je, j'en serais incapable. Tu m'as emmuré dans une prison invisible, comme cette satanée Viviane le fit avec Merlin. Et cela devait m'arriver ; ne dit-on pas de moi que je suis de la race du vieux sorcier païen ? Je suis ton esclave. Je ne sais pas encore si je suis absolument consentant. Du moins, je n'ai plus envie de voguer avec les marins corniques, sauf peut-être ce rouquin aux yeux noirs que tu trouvais si beau. Mais les îles Scilly occupent encore un coin de ma tête. Elles m'apparaissent comme un refuge où je pourrais vivre et t'aimer. Et peut-être, écrire encore une pièce, pourquoi pas ? Nous la jouerions sous la voûte du ciel, dans un cirque naturel de roches sombres éclairées de flambeaux, devant ces populations simples qui nous vénéreraient tels des dieux. J'entends ton rire bruyant lorsque tu liras ces lignes. Sais-tu bien, femme, que j'en viens à me demander si, privé définitivement de ta présence, je pourrais encore écrire des vers à peu près potables ? Quand cette angoisse me tient la gorge, je te maudis.

Quand reviendras-tu donc ? Je me languis de tes histoires, je veux encore entendre celle de ce vieux roi d'Irlande amoureux d'une femme trop jeune, et d'autres contes nés des cervelles fantasques de tes voisins d'Écosse, et des Irlandais barbares. Ou bien est-ce ta belle tête qui fabrique ces fables violentes, du moins les agrémente-t-elle à ta sauce épicée ? Si nous vivions ensemble dans ces îles lointaines, tu ne serais plus craintive devant ton Dieu, car j'aurais pris le temps de te le peindre sous un jour tout neuf. Tu m'écouterais attentivement, cette fois. Et ta peur s'évanouirait devant les prodiges de l'univers infini, infiniment vivant, animé par le souffle d'un principe créateur qui n'a cure de péchés, de contrition et de punition. Qui n'a sans doute pas grand-chose à faire de nous, pas plus ni moins que de tout ce qui vit, pense, baise et respire ailleurs dans le cosmos.

Non, je ne m'en irai pas d'ici, car je n'en ai pas fini avec toi, ma garce, avec ton esprit vif et féroce, avec ton cul et tes mains et ta bouche, ton corps surprenant qui ne m'a pas révélé tous ses mystères. Reviens, donc, femme ! Reviens et chevauche-moi jusqu'à la fin des mondes ! En attendant, au lieu de bayer aux corneilles, et puisqu'il est question de chemise dans ta lettre, pense à m'en coudre une ornée de dentelles, ainsi que font les bonnes filles aimantes et dévouées. Je suis vêtu comme un pauvre depuis que je vis chez toi.

À toi, toujours,

C. M.

13

Le premier à rentrer au manoir fut Walter. On le vit surgir du brouillard vers la troisième heure de l'après-midi. Le soleil ce jour-là tentait vainement de percer une brume si épaisse qu'on n'y voyait pas à vingt pas. C'est May la boiteuse qui l'avait aperçu, alors qu'elle étalait du linge sur l'herbe. Elle avait hululé comme une chouette à travers la maison, Marlowe s'était réveillé en sursaut et s'était précipité dans l'escalier en chemise, espérant que c'était le retour de Jane que l'on annonçait avec tant de fracas. Avant d'avoir pu intégrer ce qui se passait, il se retrouvait dans les bras puissants de Walter.

« Mince, tu as engraissé, mon vieux ! » lance Walter en lui tapotant le ventre.

Son ami arbore un air enjoué, ses yeux pétillent d'espièglerie dans sa mine radieuse. Ce n'est pas à Londres qu'il est allé, ce n'est pas la tête qu'on a quand on sort d'une ville décimée par la maladie. « Engraissé », dit-il… C'est possible, à force de dormir et de rester assis, et avec cette chaleur il lui répugne de marcher ou de monter à cheval. Et il mange bien plus que lorsqu'il vivait en ville, même plus qu'à Scadbury où le cuisinier n'était pas un génie des associations de goûts. En passant devant un miroir, il constate que Walter a raison : ses joues sont plus rondes, une espèce de bourrelet se présente sous son menton. Il ne peut détacher son regard de son reflet qui lui déplaît soudain affreusement. Surtout cette petite masse de chair molle suspendue à sa mâchoire et qui lui donne l'air d'un notaire… Il s'étonne de s'être autant négligé depuis des jours, depuis le départ de Jane, et même avant. Comme s'il avait lu dans ses pensées, Walter de demander :

« La maîtresse est partie depuis longtemps ?

– Deux semaines. Alors ? »

Walter lui fait de grands yeux.

« Laisse-moi au moins le temps de me déshabiller ! »

Marlowe s'aperçoit soudain combien la ville lui manque. Il n'en a pas pris conscience jusqu'ici, trop occupé à brûler pour Jane. Mais l'apparition joyeuse de Walter, l'œil brillant, les gestes déliés… Walter comme rajeuni, tout chargé de l'air de la capitale, tout imprégné de son agitation, de sa lumière capturée dans son regard clair, lui offre un tableau de ce qui lui fait défaut. Marlowe surprend le coup d'œil que son ami lui lance dans le miroir du hall, alors qu'il ôte ses gants et son chapeau. Walter devine son envie, sa curiosité, il lit dans les yeux de Marlowe la séduction toute neuve qu'il exerce.

Qu'est-il réellement allé faire là-bas ? S'envoyer en l'air avec un jeune gars qu'il a payé ? Dans Londres ravagée, croulant sous le poids des morts ? Car Heather lui a raconté ce qu'elle avait glané d'un marchand ambulant. Marlowe prenait ses repas dans la cuisine, en compagnie de la vieille femme qui vaquait à ses occupations, reprisait les torchons ou préparait le pain. Cela lui rappelait la maison familiale, et puis il se sentait ridiculement seul dans la salle à manger, comme dans des habits beaucoup trop grands pour lui.

Walter monte à sa chambre, accompagné de Feargod. Il va se reposer du voyage, dit-il joyeusement. Marlowe pense aux craintes de Jane… Si Dieu est en colère contre elle, ce n'est certainement pas sur Walter qu'il se venge.

Ils ont dîné de pain et de fruits en compote, de tourte au pigeon et de gelée de lait. Marlowe a terminé depuis une éternité, lui semble-t-il, alors qu'en se rongeant les ongles il observe Walter savourer sa gelée en silence. Walter qui lève le regard et lui sourit, s'essuie la bouche et dit enfin :

« Nashe a écrit un bel éloge funèbre à ton intention. La nouvelle de ta mort a plongé tes amis dans la douleur. »

Marlowe se demande combien de personnes osent encore se dire ses amis.

« Et mes ennemis ? » demande-t-il en prenant un air désinvolte qui ne trompe pas Walter.

En réalité, Marlowe est dans un état de fébrilité intense. Dans cette situation, des tics que Walter connaît bien reprennent possession de lui ; il se rogne les ongles, se mord les lèvres au sang, arrache avec ses dents la fine peau qui les recouvre. Il brûle désespérément de connaître la rumeur de la ville, les potins, ce que devient le monde, mais au-delà de tout, il veut savoir ce qu'on dit de lui. Walter ne peut s'empêcher d'éprouver un peu de jubilation à le voir si vulnérable.

« Gabriel Harvey casse un peu de sucre sur ton dos. Dans un pamphlet destiné à Nashe intitulé *La nouvelle louange d'un vieil âne.*

– Quel excellent titre ! On aura dû le lui souffler, et il n'y aura que ça de bon, sans doute… Ils sont toujours à s'assassiner, ces deux-là ?

– Ils y seront encore au jour du Jugement ! Et sais-tu qu'Harvey… »

Marlowe ne l'écoute déjà plus ; il est las des mesquines petites querelles de pamphlétaires hargneux, même si ces gens sont parfois ses amis, ce qui est le cas de Nashe. Gabriel Harvey est lourd, pompeux et assommant, mais si sa prose imbécile a un seul avantage, c'est celui d'avoir provoqué chez son ennemi une réaction qui tient du génie. Nashe invente une nouvelle forme d'objet littéraire jubilatoire, une sorte de billet d'humeur, un texte fluide et vif comme le torrent, souple et drôle, flirtant avec la langue parlée du peuple, truffé d'exclamations et de néologismes. Un texte absolument original qui est comme la vie même, comme la pensée à l'œuvre. Nashe lui avait dit un jour : « Le feu de notre esprit nous reste comme le dernier moyen de nous réchauffer. » Il avait gentiment souri alors en guise de réponse. Il aimerait dire aujourd'hui à Nashe combien il avait raison.

Il se raccroche au fil du monologue de Walter, qui imite Harvey, affublé de l'incapacité à prononcer les « r » :

« “Ma'low, qui ne c'aint ni Dieu ni diable, le plus g'and pécheu' que la te'e ait po'té…” »

Marlowe part d'un grand rire en cascade. Walter le rejoint ; il dit, encore secoué d'hilarité :

« C'est de bonne guerre, après ce que tu lui as fait endurer à Cambridge…

– Je ne regrette rien ! Et c'est tout ? »

Le rire de Walter s'éteint brusquement. Il reste un moment silencieux avant de lâcher, comme à regret :

« On parle du rapport d'un certain Baines, parvenu dans les mains de la reine juste après ta mort… Une lettre pleine de fiel qui moucharde tes hérésies. »

Richard Baines est l'homme qui l'avait dénoncé pour faux monnayage à Flushing, en Hollande, juste avant que le projet réussisse. Il a cette fois-ci une bonne guerre de retard. Ne sait-il donc pas que Marlowe a déjà été assassiné ? Qu'il ne sert plus à rien de vomir sa bile ? Élisabeth a dû se fendre de son sourire charbonneux en lisant cette lettre inutile, pleine d'un zèle obséquieux. Qu'est-ce qui leur prend, aux gens de ce pays, de s'acharner contre les morts ?

« Qui est ce Baines ? » demande Walter.

Marlowe décrit l'énergumène : une crapule hypocrite et un trouillard, un peu espion à ses heures, qui n'avait longtemps pu décider s'il était catholique ou protestant. Il choisissait selon son humeur, mais plus souvent selon l'état de sa bourse. Torturé à son retour d'une mission à Reims parmi des prêtres catholiques destinés à être infiltrés en Angleterre, il avait gardé une jambe morte qui se contorsionnait derrière lui comme un enfant débile. Marlowe l'avait rencontré à Reims, et ils s'étaient retrouvés ensemble pour une mission en Hollande. Baines avait été ravi quand Marlowe lui avait proposé l'affaire des pièces contrefaites, trop heureux de remplir ses poches toujours vides. Et brusquement il avait eu peur, il était allé moucharder auprès de Sidney, le maire de Flushing. Il avait fallu à Marlowe déployer toute l'étendue de sa ruse, de son charme, de sa candeur feinte pour que le rapport de Sidney ne leur vaille pas la corde de retour à Londres. Une chance aussi que le maire fût le frère du poète Philip Sidney et lui-même amateur de poésie.

« Salopard de Baines ! »

Marlowe avait parlé d'une voix sourde, la mâchoire contractée ; ses cils balayaient trop vite son regard trouble. Walter retrouvait l'attitude que son ami adoptait juste avant de se lancer dans une bagarre. Il l'avait vu tant de fois dans cet état, avant que quelque chose lâche en lui et le propulse tel un ressort sur son adversaire pour le prendre à la gorge. Mais Baines n'était pas là pour recevoir les coups, et la colère aigre qui venait de prendre possession de Marlowe devrait s'exprimer, d'une autre manière.

« Que dit ce rapport ?

– Il égrène des blasphèmes en tous genres, répondit Walter évasivement.

– Par exemple ? »

Walter soupira.

« Il y a ceci qu'on n'oublie pas : "Il vaudrait mieux fumer le sacrement par la pipe." »

Marlowe se fend d'un large sourire. Walter demande :

« C'est vraiment de toi, ça ?

– Si ce ne l'était pas, je serais jaloux ! Baines aura au moins le mérite de conserver quelques-unes de mes fulgurances pour la postérité. »

Marlowe se leva et fit quelques pas. Baines devait se réjouir de sa mort. Il pensait sans doute qu'elle était encore trop douce car il faisait partie de ceux qui souhaitaient voir Marlowe périr par où il avait péché, une broche rougie dans le cul, comme son *Édouard II*. Il avait un jour lu une inscription disant à peu près ça, sur la porte des toilettes d'un bordel. Il se passa une main sur le visage, devenu soudain moite et chaud, puis se rassit et se força à penser à autre chose.

« Et que dit notre bon Shakespeare ? demanda-t-il, sarcastique.

– Il pleure la mort du Berger, paraît-il. »

Marlowe connaissait mal l'homme, qu'il n'avait rencontré que deux ou trois fois dans une taverne, et à qui il n'avait jamais parlé seul à seul. Mais ses pièces étaient ce qu'il avait vu de plus intéressant depuis longtemps, depuis toujours à vrai dire. Son *Richard III* était si bon qu'il aurait voulu l'avoir écrit lui-même. Il en avait même éprouvé de la jalousie, un sentiment qui, jusque-là, lui était resté parfaitement étranger. Du moins quand il s'agissait du talent. Il avait même, avec la plus ignoble mauvaise foi, abondé dans le sens des pédants qui méprisaient Shakespeare parce qu'il n'avait pas étudié à l'université. En ânonnant avec les autres ces médisances confites d'aigreur, il se détestait copieusement, et songeait que le génie se moque bien des diplômes, du savoir docte et stérile éloigné en tous points de la vie. Il aurait donné cher pour pouvoir découvrir ce que ce gars-là allait encore balancer au monde. Mais un mort ne va pas au théâtre. Un mort se cache, se terre et ne bouge plus.

L'absence de Jane s'impose soudain à lui comme un phénomène intolérable qui doit trouver un remède immédiat. Il s'est relevé et s'est remis à marcher. La face hypocrite de Baines lui revient à l'esprit et il doit faire un effort pour ne pas casser ce vase sur le coffre ou cette chaise près de la cheminée. Et voilà Walter qui déclare :

« Henry Percy a reçu l'ordre de la Jarretière en juin. »

Marlowe se rue vers lui, et hurle près de son visage :

« Mais je n'en ai rien à foutre, de Henry Percy ! Qu'est-ce qui te fait croire que je m'inquiète de ce que devient Henry Percy ?

– Je croyais que…

– Eh bien ne le crois plus. Il peut recevoir de la reine une de ses crottes dans un médaillon ou se faire sucer par le Pygmée, je m'en branle ! »

Marlowe s'affale sur le tapis, soupire profondément. Après quelques secondes de silence :

« Pardon, Walter. »

Walter ne répond rien.

« Tu sais quoi ? J'aurais voulu être enterré à Westminster, à côté de Chaucer et Spenser. C'est bête, hein ?

– Pour ça, il fallait être sage », répond Walter évasivement et sans le regarder.

Marlowe a un bref ricanement. Walter est profondément troublé et triste de le voir si fragile. Il se félicite de lui cacher tout ce qu'il a entendu… La mort déchaîne les passions ; la méchanceté frappe impunément, les lâches s'en donnent à cœur joie.

« Je vais m'en aller, Walter », lâche Marlowe.

Marlowe se redresse pour voir sur le visage de Walter l'effet de sa déclaration. Mais Walter n'exprime rien. Il a les yeux perdus au-dehors, dans le jardin noyé d'obscurité, à travers la fenêtre ouverte. Il dit enfin :

« Je ne crois pas, Kit. »

Marlowe se lève et crie de nouveau :

« Alors mets-moi dehors ! Chasse-moi ! »

Walter ne réagit pas. Marlowe s'impatiente. Il s'approche et lui donne un coup dans l'épaule. Toujours rien.

« Tu vas continuer à me laisser baiser ta femme sans rien dire ? »

Le poing de Walter est parti, vif comme l'éclair, et s'est abattu sur la mâchoire de Marlowe ; il s'étale par terre, étourdi, se relève et fond sur Walter comme un chien enragé. Ils roulent au sol. Marlowe, léger et tonique, parvient à s'asseoir sur le corps de Walter et à lui immobiliser une main. Mais l'autre main de Walter lui écrase le visage et le déstabilise. Marlowe bascule et tombe. Immédiatement Walter s'assied sur lui, lui met ses propres genoux sur les bras, empoigne le tisonnier et le plante tout près de son œil. Ils restent un moment à se dévisager. Marlowe rue pour tenter de chasser Walter, mais il ne parvient qu'à se contorsionner jusqu'à se retrouver sur le ventre. Walter attrape ses bras et les lui maintient dans le dos, d'une main, de l'autre il tient toujours le tisonnier.

« Et maintenant ? Hein ? halète Walter.

– C'est comme tu préfères. Le tisonnier ou autre chose de plus agréable. »

Walter ne peut s'empêcher de sourire. Il donne une claque sur les fesses de Marlowe, se lève et va cracher un peu de sang dans l'âtre.

« Bon sang, Kit… dit-il en se tâtant la gencive.

– T'as de la chance que je ne sois pas au mieux de ma forme, fanfaronne Marlowe en frottant ses vêtements.

– Ouais, c'est ça… » ricane Walter.

Walter avait toujours été le plus fort des deux. Marlowe ne le savait que trop et c'est avec ironie qu'il le provoquait.

« Tu es naïf si tu crois qu'elle te laissera partir », dit Walter, debout près de la cheminée, les yeux rivés à l'âtre vide et sombre.

Marlowe le rejoint, prend appui sur le manteau. Ils restent silencieux un moment, chacun perdu dans ses pensées. Marlowe parle le premier :

« Tu sais, parfois, j'ai l'impression que je ne suis pas vraiment là. Que je vis une espèce de malentendu. »

Ils se regardent.

« J'ai laissé quelque chose à Deptford. Je ne sais pas trop quoi. Je ne sais même pas si je suis mieux avec ou sans. »

Marlowe s'approche de Walter, l'enlace convulsivement. Walter, d'abord trop surpris pour réagir, finit par refermer les bras sur le poète. Ils restent ainsi un bon moment. Quand Marlowe se dégage, ses yeux sont rouges et ses joues baignées de larmes. Walter lui prend la tête dans les mains, essuie son visage comme il le ferait à un enfant. Il éprouve pour Marlowe une violente tendresse fraternelle, une envie immense de le réconforter, de lui débiter des mensonges pour l'apaiser, et qu'il puisse, l'espace de quelques instants, y croire et se reposer. C'est le monde à l'envers, cet élan d'amitié pure et profonde vers cet homme qui a séduit sa femme, qui la lui enlève, l'emporte chaque jour plus loin, plus irrémédiablement loin de lui. Il lâche le visage en pleurs, se détourne. Un jour cet homme sera mort pour de bon, un jour… Il aura disparu de leur vie comme un morceau de musique s'éteint dans l'air du soir.

Marlowe a regagné sa chambre. La maison est de nouveau parfaitement calme et plongée dans le silence. Walter ne dormira pas. Il restera jusqu'à l'aube couché sur le tapis, les genoux repliés sous le menton comme lorsqu'il était enfant et qu'il avait peur dans le noir. Jamais il ne s'est senti autant égaré.

Il ne s'était plus battu depuis l'université. Mais sa grande force est toujours bien présente. Il se souvient d'un jour d'hiver où les étudiants de Saint-John étaient venus chahuter pendant une représentation de la *Didon* de Marlowe. Les sbires chargés par les collèges de maintenir le calme avaient échoué et s'étaient enfuis, laissant des hordes d'adolescents hystériques se taper dessus avec tout ce qu'ils trouvaient, éléments de décor, tabourets, et même des morceaux de vitres brisées. Quatre gars avaient traîné Marlowe jusqu'à la Cam à moitié gelée et l'avaient jeté dedans. Ils l'empêchaient d'en sortir quand Walter était apparu, accompagné de Francis Kett et de John Greenwood, deux puritains hérétiques et pauvres qui bénéficiaient de la charité de Marlowe depuis qu'il gagnait sa vie chez Walsingham. Ces deux-là étaient plus zélés à défendre leurs opinions religieuses que leurs amis. Ils finirent d'ailleurs par en mourir, Kett fut brûlé dans un fossé et Greenwood pendu. Ce soir-là, comme toujours, ils se contentèrent de regarder Walter défier seul quatre types bien bâtis, en l'encourageant timidement.

Il en avait pris trois l'un après l'autre, et Marlowe, malgré qu'il fût gelé et rempli d'ecchymoses, avait envoyé le dernier dans l'eau après lui avoir démis le nez et fait sauter quelques dents. Ils avaient ri comme des bossus en revenant à travers champs vers Christ Church. Greenwood se comportait comme s'il avait participé à la bagarre ; Kett restait derrière, avec sa mine de cul-bénit et ses mains croisées sur sa poitrine osseuse. Ils avaient passé le reste de la nuit à boire et à parler de la Trinité et du Christ qui, selon Kett, n'était pas divin, mais le deviendrait après sa seconde résurrection. Marlowe s'amusait beaucoup, mais Walter était troublé, profondément meurtri de sentir le doute s'insinuer en lui. Il avait prié ardemment, demandant au Fils de l'Homme de lui donner un signe de sa divinité, une preuve de son amour infini, et de la grâce que lui, Walter, pouvait espérer.

Marlowe l'avait surpris en larmes. Il s'était agenouillé près de lui et l'avait entouré de ses bras. Il lui avait dit : « Aime-moi bien, Walter, et tu feras Sa volonté. » Walter avait d'abord cru à un sarcasme, mais quelque chose dans le regard et l'attitude de Marlowe lui intimait de le croire. Il avait étreint le torse mince et blanc, avait baisé les lèvres étroites et très rouges, s'était dissous dans les bras chauds, sous les mains tendres et hardies, il avait vénéré ce corps d'homme qui, cette première fois et cette fois-là seulement, lui était apparu comme la source de toute vérité et de toute joie, la vivante image de Dieu.

Marlowe aime Jane. C'est une évidence aussi cruelle que ce soleil implacable qui embrase le monde, soumet gens et bêtes, incendie les forêts, brûle les chairs et les cervelles. Et Walter assiste à cet embrasement avec la fascination passive du spectateur au théâtre, quand la pièce est bonne. Il souffre, mais sa douleur est celle que l'on éprouve devant une histoire inventée. Il a beau savoir que sa femme lui échappe absolument, que ses propres rêves de reconquête, de passion renaissante s'éloignent de lui aussi rapidement que sa jeunesse, il a beau prier pour que les choses redeviennent ce qu'elles étaient avant l'arrivée de Marlowe, un cortège de jours et de nuits sans saveur, mais ô combien rassurant, douillet, chrétien, pense-t-il en ricanant intérieurement… Il se sent emporté, ébloui, prisonnier de ce qu'il observe, de cette sève qui monte, impétueuse comme un fleuve en crue, dans les veines des deux êtres qu'il aime. Il contemple, pétrifié, la déchirure en chacun d'eux : chez elle, la volonté rageuse, presque agressive d'aimer sans mesure et sans honte, comme si c'était un droit inaliénable, la peur aussi, la peur de la damnation, et celle, bien plus intense, que tout cesse en un instant ; et chez Marlowe, une sorte de sidération exultante, une transe émerveillée, entrecoupée de moments de révolte et d'anxiété.

Son séjour à Londres n'a rien révélé à Walter, ne l'a pas débarrassé de cette impression de vivre un moment fantomatique en compagnie d'un être qui ne devrait pas être là ; bien au contraire, il a dû réprimer un sursaut d'incrédulité quand Marlowe lui est tombé dans les bras à son retour. Car Marlowe, hors les murs de Chestnut Hall, pour tous et sans le moindre doute, est mort et enterré dans le cimetière de l'église Saint-Nicolas de Deptford. Cette évidence l'a fracassé comme s'il perdait Christopher pour de bon.

Il a été tué dans une bagarre à la dague comme il les provoquait sans cesse. Il a fini par succomber à sa vie de péché. Dieu a enfin puni l'enfant terrible. Certains disent, les yeux dans le vague, « il a traversé le monde des vivants comme une comète », puis ils vaquent à leurs affaires et n'y pensent plus. Quelques-uns gardent encore le souvenir de son scintillement à nul autre pareil, mais la plupart n'en ont déjà plus rien à faire ; ils ont remisé dans les recoins de leur mémoire le bonheur débordant éprouvé devant Tamerlan, Barabas ou Méphistophélès, qui les faisait crier comme des enfants ; ils ont oublié la gratitude pour les mots, pour la musique des mots, ils ne se souviennent pas de la splendeur du vers porté par la fulgurance du désir, de la sublime indifférence pour la morale. Ils se fichent à présent de cette brèche d'absolue liberté où ils pouvaient projeter leurs pulsions les plus cruelles, leurs rêves de puissance, de richesse, d'ailleurs ; cet univers fictif où, l'espace de quelques heures, ils oubliaient leur médiocrité. Pauvre populace, à la mémoire si courte. Un vers d'*Édouard II* lui revient : *Quant à la multitude, ce ne sont qu'étincelles couvant sous la cendre de leur misère ; qu'elle aille au diable !*

L'aube va poindre. Il la sent se glisser doucement contre la vitre, distiller ses lueurs indécises sur le bois des meubles, frapper un cuivre suspendu au mur. Il a envie d'errer dans sa maison, de la redécouvrir. Il est heureux d'être là, seul, dans le grand calme qui précède le réveil du monde. Il a le sentiment d'avoir la conscience parfaitement claire, de ressentir la profonde vérité des choses, sans appréhension, sans ressentiment. Il s'étire, se met debout et, alors qu'il se laisse envahir par un long bâillement, Feargod fait son entrée dans la pièce. Le valet est en chemise, une chandelle à bout de bras. Son teint cireux est saisissant.

« Pardon, monsieur ! » s'exclame-t-il en s'apercevant de la présence de son maître.

Feargod fait volte-face si rapidement qu'il trébuche contre une chaise. Il glisse en trottinant obliquement vers la porte, mais Walter l'appelle.

« Que faites-vous debout à cette heure ? »

Feargod se fige un instant en oscillant comme un pendule, puis se retourne.

« Je dors mal, monsieur, dit-il, embarrassé, alors il m'arrive de me déplacer dans la maison, pour passer le temps. Je suis désolé si...

– Vous vous déplacez... C'est curieux. J'avais aussi envie de me promener un peu chez moi. Vous rencontrez parfois du monde, durant vos déplacements ?

– À part M. Marlowe, personne, monsieur.

– Il vous parle ? »

Feargod semble réfléchir un instant à la question, puis répond d'une voix sourde, presque sur le souffle, comme si ce qu'il avait à dire était un peu honteux :

« Parfois, il dit quelques mots amicaux. Mais la plupart du temps, je ne le comprends pas très bien. On dirait… On dirait qu'il se parle plutôt à lui-même. »

La mine de Walter indique qu'il aimerait en savoir plus. Le valet se penche un peu, en veillant à ce que sa chandelle ne coule pas sur le tapis ; il prend un air de conspirateur pour dire :

« Une fois, il m'a obligé à m'asseoir et m'a préparé lui-même un lait chaud aux épices. Et ensuite il m'a ordonné d'aller au lit.

– Vous m'en direz tant… » lâche Walter avec un petit rire bienveillant.

Feargod se permet lui aussi un soupir amusé. Le silence s'installe entre le valet et le maître, chacun en compagnie d'une image du poète en ses errances nocturnes. C'est Feargod qui rompt le charme, en rappelant à Walter qu'une nouvelle journée s'avance :

« Vous porterez votre fraise de dentelle pour la messe, monsieur ? La petite ?

– Oui, la petite fraise, ça ira, Feargod. »

Le valet sort. Walter a parlé machinalement, sans penser à ce qu'il disait. En émergeant de sa rêverie, il se demande quelle était la question de Feargod et quelle réponse lui a été donnée. Cela n'avait sans doute aucune importance.

14

Revenue. Elle est revenue. Elle dort contre son dos, tout à fait elle-même et pourtant différente. Il ne retrouve pas son odeur, pour commencer. Jane dégage un mélange de foin fraîchement coupé, d'eau de lavande et de sueur sucrée. À l'approche de son bas-ventre, ces éléments font doucement place aux senteurs de goémons et de coquillages, à toute une marée fraîche et impétueuse, comme par un jour de gros temps ; en bouche, ce grand menu s'assaisonne de sel et de bois fumé, c'est une explosion de saveurs qui étourdissent et invitent à l'amour. L'aspect marin l'avait dérouté d'abord ; c'était absolument neuf pour lui. Il avait bien des souvenirs pénibles d'effluves de vieilles moules, sujet de plaisanteries entre hommes ; mais il n'avait aucune idée de ce bouquet frais et envoûtant, absolument, incomparablement féminin.

Il a reconnu la marée, mais pas le reste, pas ce qui émane des parties supérieures de son corps. Elle est rentrée toute pétrie des odeurs d'une autre maison, d'autres gens, d'autres draps, d'un autre air. Elle sent les Sewell, ces êtres qu'il ne connaît pas mais déteste déjà copieusement. Ils ont laissé leur marque sur elle comme un chat pisse sur les plantes pour marquer son territoire. Il a bien envie de la marquer lui aussi, de sa semence partout sur elle, entre ses seins et sur son ventre, sous ses aisselles et dans le creux de ses genoux. C'est un endroit qu'il aime entre tous, il ignore pourquoi ; il n'a jamais été obnubilé par des parties précises de l'anatomie de ses amants, enfin pas outre mesure. Si on lui avait demandé ce qu'il préférait chez tel ou tel, il aurait dit des banalités : les yeux, les fesses, le torse.

Il se tourne vers elle, descend le long de son ventre, glisse sur l'extérieur de ses cuisses, enfouit sa bouche derrière le genou, dans le nid chaud et accueillant entre les tendons, et souffle doucement. La jambe de Jane a un tressaillement. Elle pousse un gloussement dans son demi-sommeil. Il embrasse la peau très fine ; ses lèvres quittent le genou, remontent vers l'intérieur des cuisses, atteignent le triangle de poils noirs et rencontrent ses lèvres à elle ; elle s'ouvre dans un râle et glisse une main dans ses cheveux. Elle exulte assez vite, encore à moitié endormie, dans un grand spasme liquide. Elle aimerait qu'il la pénètre mais il veut venir dans sa bouche, au bord de ses lèvres brillantes, comme recouvertes d'un glacis ; il veut qu'elle le regarde de ses yeux mi-clos où flotte encore l'écho de la jouissance alors qu'il va et vient entre ses joues pâles ; cette manière de prendre du plaisir devient avec elle un singulier moment d'émotion, car il se sent entièrement à sa merci et s'abandonne corps et âme à cet état de fait, et ainsi soit-il… Le regard de Jane par-dessous, impudique, brûlant, l'achève et donne le départ du feu d'artifice ; les images, les odeurs, les sensations défilent, se superposent et se fondent, des couleurs d'abord, des bleus, toutes sortes de bleus l'éclaboussent, d'où surgit la nef d'une cathédrale, à ciel ouvert, les voûtes et les colonnes comme une forêt, le visage du livreur de foin qui sourit dans le bleu du ciel, les cheveux de Jane se tordent et s'entortillent autour de ses cuisses, une Madone enceinte le regarde en tenant son ventre comme si elle le lui offrait, son visage, son regard, il les connaît ; elle écarte les jambes, la marée monte d'entre ses cuisses ouvertes...

La première chose qu'il découvre après l'orgasme est le vilain canidé couché au pied du lit : ses yeux de souffre-douleur récemment sauvé du martyre sont rivés à Jane, deux petites billes rusées dans une tête maigre qui oscille dès que la jeune femme fait un mouvement. Vont-ils devoir faire l'amour en permanence devant le cabot tournebroche ? Il est quand même à craindre que Master Jove prenne ombrage de ce nouveau venu. Marlowe a appris à apprécier le monstre en l'absence de Jane. Il lui est arrivé de l'emmener en promenade. Que doit-il éprouver face à cette nouvelle et pathétique toquade avec qui il devra partager sa maîtresse ? Jane ne s'inquiète pas. Master Jove est un sage, un chien philosophe, capable de comprendre bien des choses. Il n'a jamais souffert, lui, tandis que la pauvre chose pelée, là, a enduré pour dix. Marlowe évite de lui opposer qu'un chien n'est pas capable de comprendre ça. Jane se fâcherait et dirait qu'il n'en sait rien, que personne ne sait ce qui se passe dans la tête d'un chien, en réalité. Jusqu'à preuve du contraire, on ne peut pas lui donner tort. L'animal le regarde à présent avec complicité, comme s'ils se connaissaient, comme s'ils partageaient le même sort. Son expression semble dire « ne te moque pas de moi, tu ne vaux pas mieux ».

« Demande à ton nouvel esclave de regarder ailleurs », dit-il avec humeur.

Il a à peine haussé la voix mais le chien est allé se terrer sous le lit en tremblant. Jane se dégage de ses bras et le toise avec mépris.

« On est contrarié ? On n'a pas bien joui, monsieur Marlowe ? Il m'a pourtant semblé… » dit-elle en s'essuyant le coin de la lèvre.

Elle est différente, c'est indiscutable. Encore plus arrogante, si c'est possible. Ce qu'elle a fait là-bas, ce avec quoi elle a trompé son ennui l'a transformée. Les quelques vers qu'il a lus sont bons. Il a eu du mal à l'admettre. Il a été incapable de lui dire ce qu'il pensait sincèrement, à savoir que c'est puissant et sobre, même si cela manque encore de rythme. Elle fait peu usage des allitérations. Trop peu à son goût. Mais peut-être est-ce mieux ainsi, finalement. Shakespeare, la nouvelle coqueluche, est plus mesuré que lui de ce point de vue, moins éblouissant, mais plus percutant, plus… essentiel, sans doute. Son propre style est parfois grandiloquent. Il le sait, se connaît : une vraie pute.

Jane ne cherche jamais l'effet, mais seulement la justesse du sentiment, l'articulation claire de la pensée ; parfois au détriment de la poésie et du rythme, de la musique dont elle est indissociable. Au détriment aussi de quelque chose de difficilement nommable, qui participe plus de la respiration du texte, de son esthétique propre que de son sens narratif. Son Élisabeth est d'une humanité poignante, dès sa première apparition. Elle fait preuve de beaucoup d'humour. Mais elle est dépourvue de grandeur, de cette présence presque supra-humaine qui émane d'elle dans la réalité, qualité qu'il amplifierait, lui, pour en faire un personnage plus terrible, plus vivant que nature, comme il sait les enfanter. Au risque de créer une espèce de monstre.

Elle a sollicité humblement son aide. Il a accepté. À présent il se demande s'il n'a pas eu tort. La collaboration entre hommes n'est déjà pas toujours facile. Il ne l'a que peu pratiquée car cela lui demandait trop d'effort. Il manque de patience et de modestie, éprouve les plus grandes difficultés à dire ce qu'il pense avec diplomatie, sans mépriser, injurier ni se mettre en colère. Et puis, il n'est pas certain d'avoir envie d'écrire une pièce. Le théâtre appartient au passé, à l'homme qu'il a laissé dans la chambre de Deptford. Il ne pourra jamais plus entendre les hourras du public déchaîné, contempler sur les faces médusées ou hystériques le visage de sa propre gloire. Alors, à quoi bon ? Il exige l'approbation, l'adulation délirante et immédiate ; il veut cette éructation physique violente, ces grands spasmes sonores de la foule, qui montent et s'épanouissent comme le plaisir. Voilà pourquoi il avait préféré écrire des pièces plutôt que de la poésie. Les dramaturges sont des faiseurs, des menteurs, des manipulateurs de plèbe. Ils recueillent une gloire facile et éphémère, impudique, indécente. C'est ce qui avait toujours guidé sa vie : la quête du plaisir facile et instantané, sans délai, sans effort, sans souffrance. S'il avait été un homme honnête et moins fainéant, il aurait passé le peu de temps qui lui était imparti à tenter d'engendrer un seul poème digne de traverser les siècles aux côtés des œuvres des plus grands. Ce ne sont pas les frasques vaguement érotiques des deux benêts de l'Hellespont qui réaliseront ce prodige, encore moins son *Berger passionné*... Jane s'est recouchée contre lui, sa petite main nerveuse et un peu potelée posée gentiment sur sa poitrine. Il repense au *Berger* avec une certaine tendresse :

Avec moi viens t'en vivre, amour,
Nous goûterons au fil des jours
Tous les plaisirs qu'offrent campagne,
Vallées et bois, prés et montagnes.

Voilà ce qu'il a envie de lui dire, sincèrement : pars avec moi, laisse là ton mari, tes robes, tes servantes, tes chiens, tes prières, viens ! Il avait écrit cette petite chose en pensant à Henry Percy. Il ne s'était jamais véritablement vu avec Percy vivant d'amour et d'eau claire tels des pâtres grecs, étendus sur des lits de roses, drapés dans des peaux de chèvres. La vision est parfaitement ridicule, à présent qu'il y repense.

« De quoi ris-tu ? » demande Jane en se rapprochant de son cou qu'elle respire profondément avant de l'embrasser.

Il se tourne vers elle et lui prend la tête dans les mains.

« Partons, Jane ! Viens avec moi ; nous irons vivre aux îles Scilly, n'importe où, où tu voudras ! »

Jane est soudain pâle, ses lèvres entrouvertes frémissent, mais elle reste muette ; elle détourne le regard de celui, brûlant, de Marlowe, se dégage de ses mains.

C'est bien ce qu'il pensait. Elle n'est pas prête à abandonner son petit quotidien, son petit confort, ses habitudes, et au-delà de tout, sa bonne conscience. Car elle croit, sans jamais se l'avouer entièrement, que rester avec Walter et offrir toutes les apparences de la normalité tout en se donnant à un autre lui assure une forme d'impunité aux yeux de son dieu et du monde. Il déteste cela chez elle, il le hait tant qu'il lui semble parfois que ce sentiment pourrait bien le posséder tout entier et chasser les autres, la tendresse débordante, l'admiration, le respect, et même le désir.

Jane n'a pas demandé à lire la suite de *Héro et Léandre*. Déjà distraite, toute à ses premiers gestes de démiurge, préoccupée par le modelage de sa *Gloriana*. Il n'a plus rien écrit depuis cette nuit où il avait nagé en mer et s'était endormi à sa table. Plus rien depuis les batifolages de Neptune et Léandre. Qui lui paraissent aujourd'hui futiles et vains, légers, dépourvus d'intérêt. C'est une bonne chose que Jane n'en soit pas curieuse.

Elle s'est levée pour aller allumer la pipe que Walter a rapportée de Londres à la demande de Marlowe. Le tabac a une immense emprise sur elle, elle en ressent intensément les effets, comme c'est presque toujours le cas chez les débutants. Jane fume parfois dès le matin, ce qui n'est pas du goût de Marlowe, qui préfère réserver ce plaisir aux soirées. Pour une fois qu'il fait preuve d'un peu de modération… Les courbes de Jane disparaissent déjà dans l'épaisse fumée, son visage est rejeté en arrière, extatique. L'odeur âcre lui déplaît ; il n'a qu'une envie, se trouver dehors, à l'air frais. Il enfile ses vêtements en vitesse, sort et dévale l'escalier.

15

Il est en route pour Church Knowle, le village du livreur de foin. Son cheval n'a aucune envie de prendre un trot rapide, comme ses talons l'y invitent. La bête ne pense qu'à ralentir l'allure, à brouter l'herbe roussie des chemins. Rien ne presse, rien ne les attend à Church Knowle. Rien sans doute que quelques chaumines autour d'une église et un vieux cimetière. Peut-être une taverne qui sert un *ale* local bien frais, apporté par une servante gironde.

La vague de chaleur a enfin libéré la terre exsangue. On peut circuler sans sentir son cœur s'emballer au moindre effort, sans suer comme un boucher. Il apprécie la brise de mer qui caresse sa peau à travers la chemise. Une très belle pièce, faite du meilleur lin, au col et aux manches bordés de dentelles des Flandres d'une délicatesse prodigieuse. Jane n'a pas réalisé la chemise elle-même, comme il l'en avait priée dans sa lettre. Elle l'a achetée très cher à une veuve brodeuse du Berkshire. Il avait espéré que ses petits doigts énergiques se soient agités sur le tissu durant des heures, que l'aiguille ait piqué le pouce ou l'index rondelet au point de faire affleurer le sang. Mais elle a préféré la littérature à la broderie.

Où va le monde ? Il connaît quelques femmes nobles qui se toquent d'écrire, ou de traduire des œuvres étrangères. La comtesse de Pembroke, Mary Sidney, est de ces rares animaux fascinants. Si on lui avait demandé son avis, il aurait pu déclarer qu'elle était assez douée, même si elle lui avait refusé son patronage quand il l'avait sollicitée en lui dédiant la préface d'un texte posthume de Watson. Mais elle n'avait pas voulu de lui, la belle pédante, comme elle n'avait pas voulu du génie de Nashe. Elle ne s'entourait que de flatteurs, dégoulinants d'hypocrisie. Beaucoup parmi ses protégés étaient médiocres. C'est ce qu'il disait à l'époque du refus, à peine un an plus tôt. C'est faux, bien sûr.

Il avait assisté, dans la propriété des Sidney à Wilton, à une représentation d'*Antoine et Cléopâtre*, une pièce française traduite par Mary Sidney elle-même, dans laquelle elle jouait le rôle de la reine d'Égypte. Cela faisait quelque temps qu'il pensait qu'un théâtre qui ne tolère pas de femmes comme actrices est une aberration. Le spectacle proposé à Wilton le convainquit qu'il avait raison. Ce n'est pas parce qu'il avait pleinement profité des charmes de jeunes garçons dans les rôles féminins qu'il ne se serait pas réjoui de pouvoir confier ces mêmes rôles à des femmes. Mais cette conviction était-elle vraiment si ancienne qu'il le croyait, ou n'était-ce qu'un élan récent engendré par son amour ?

À Cambridge, le gamin qui jouait Didon dans sa pièce l'avait rendu fou. Un petit nouveau de seize ans, déjà plein d'assurance, d'arrogance, la voix suave, au timbre asexué. Marlowe n'avait eu qu'à tendre la main, l'autre lui avait tout accordé, sans détour, sans pudeur. Il avait dépucelé quelques nouvelles recrues, se délectait de ce rôle d'initiateur, mais avec celui qu'il appelait « ma reine », il avait chanté une autre chanson. La reine l'avait lui-même initié à certains plaisirs inconnus, qui consistaient principalement en mises en scène où le plus jeune des deux éprouvait la soumission de l'autre et lui faisait subir des sévices psychologiques et parfois charnels à l'intensité variable.

Après quelques mois d'une relation qui tournait pour Marlowe à la dépendance la plus dévastatrice, l'autre l'avait jeté sans manières, un soir au détour d'une ruelle où Marlowe l'avait surpris, la bite dans la bouche d'un petit bachelier laid comme l'honnêteté. Il ne tolérait pas de partager un partenaire, mais encore moins ce garçon encore plus libre et plus outrancier que lui-même. Pour la première fois de sa vie, il ne dominait pas, il ne régnait pas en maître sur le cœur et le corps de l'autre. Sa mésaventure avec la reine le rendit méfiant pendant un temps, méfiant et amer, désireux de se venger sur le premier innocent qui lui tomberait entre les pattes. Et ce fut Walter.

Il connaissait Walter depuis trois ans quand il l'avait considéré pour la première fois comme un amant potentiel. Si Marlowe ne l'avait pas attiré à lui, Walter aurait pu vivre une vie entière, intimement convaincu de ne pas être tenté par les hommes. Il aurait eu, bien sûr, quelques moments de flottement, de doute embryonnaire, quelques infimes secondes où le front devient moite à la vue d'un torse, à l'écoute d'une voix, au contact d'un regard, et puis fini, remisé, ce doute, au fond du fond de la chair et de la conscience, en repos jusqu'à la prochaine fois. Walter aurait-il été moins malheureux, moins tourmenté ? Sans doute, mais il serait passé à côté de quelque chose.

Mais pourquoi, pourquoi diable croire que ceux qui ne connaissent pas l'amour d'un corps du même sexe portent cela en eux comme une espèce de faille, de déficience, de débilité ? C'est absurde, c'est un mensonge inventé pour rendre la déviance, le désir coupable plus acceptable, plus banal, et la honte moins cuisante. Et lui-même, qui a passé sa vie à fanfaronner, à exhiber fièrement son amour des hommes comme certains revendiquent leur foi ou leur lignée, peut-il sincèrement avouer qu'il n'a jamais éprouvé de culpabilité ? Peut-il nier avoir haï sa propre chair à peine pubère embrasée par la vision d'une autre chair en tous points comparable à la sienne ?

Il a bien voulu oublier ces moments, prétendre que cela ne lui est jamais arrivé. Il peut bien faire comme si ces affres ne l'avaient jamais concerné, comme s'ils ne s'insinuaient que dans l'âme tiède et lâche des esclaves de la morale et de la religion, il peut bien… Aujourd'hui, sous le soleil de cet après-midi d'été absolument parfait, que rien ne semblait devoir gâter, quelque chose se débat en lui, un souvenir qui demande à sortir des limbes de l'oubli.

Il n'a pas encore douze ans, il fait presque nuit et ils reviennent de l'école avec son copain John Breegs, le fils du forgeron, de deux ans son aîné. Ils décident d'aller espionner la sœur de John qui chaque soir à la même heure se lave devant la fenêtre d'une chambre donnant sur une courette pompeusement appelée « le jardinet ». Ils se mettent en place pour le spectacle. Marlowe se fiche pas mal de voir les mamelles graisseuses de la sœur Breegs, mais il fait semblant d'être intéressé. Quand la chair blafarde de la fille apparaît à la lueur d'une chandelle, John glisse sa main dans son haut-de-chausses et commence à se tripoter. Marlowe a envie de rire et l'autre le remarque ; vexé, il lui demande de faire la même chose. Marlowe s'exécute, se touche le sexe sans entrain, car aucun émoi ne s'empare de lui. Breegs lui demande si sa sœur lui déplaît, et Marlowe répond stupidement que oui, en effet. Alors l'autre, au lieu de se mettre en colère, lui sourit lascivement, l'attire à lui et l'embrasse à pleine bouche. Sa main, une main d'homme déjà, Marlowe la voit encore, large et puissante, invasive, un peu brutale, cette main baisse d'un geste sec son haut-de-chausses, empoigne son sexe qui se dresse instantanément, et commence à le masturber.

Il n'a jamais oublié l'émotion indicible à ce contact, le soulagement, la certitude qui l'envahit en même temps que le plaisir, une espèce de gratitude aussi pour celui qui, le premier, ôte le poids qui lui écrase la poitrine depuis toujours. Il n'a pas oublié le regard de Breegs soudain dur, la douleur aussi indicible que le bonheur qui l'a précédée, quand la belle main lui écrase les testicules, puis le gifle ; il n'a pas oublié le mépris, la haine dévorante dans les yeux de Breegs sur lui, recroquevillé, déculotté, au fond du minable jardinet. Il n'a rien oublié, et ça le rend malade, il voudrait s'arracher ces images de la tête, les piétiner, les déchirer, les réduire à néant. Il s'est vengé de Breegs. Plus tard. Il s'est bien vengé. Cela devrait lui suffire.

Les toits du village apparaissent, autour du clocher. Une fillette le croise sur la route, ôte son bonnet et fait une révérence comme s'il était un seigneur. Encore et toujours ce bon vieux malentendu, qui s'accroche à ses basques depuis l'enfance, quand on le prenait pour un petit noble égaré dans la campagne avec une bande de garnements à ses trousses, lesquels n'étaient autres que ses compagnons de jeu. Les femmes l'entouraient de cajoleries et lui demandaient si les gamins ne l'avaient pas maltraité, allez, ouste, petits truands, laissez milord tranquille ! Et, cher ange, où réside donc votre respectable famille ? Doux Jésus, c'était pas Dieu possible d'être aussi joli garçon, un vrai petit page pour la reine ! Et si poli, et si éloquent !

Il avait parlé dès son plus jeune âge comme un adulte, avec un vocabulaire beaucoup plus riche que celui des gens de sa classe. Parfois son père le regardait de travers et disait à sa femme : « Celui-là, tu dois l'avoir fait avec le Saint-Esprit, pour sûr… » Katherine haussait ses larges épaules, prenait son fils contre elle et lui passait voluptueusement la main dans les cheveux. Un jour, Marlowe avait demandé à sa mère d'être sincère, et de lui dire si John était vraiment son père. Katherine s'était d'abord fâchée très fort, puis elle avait éclaté de rire et répondu : « Ça ne saute sans doute pas aux yeux, mais tu es bien le fils de ton père, mon cœur. Dépensier comme lui, coléreux comme lui et… regarde tes mains. » Elle les avait prises dans les siennes avec amour et il avait senti pour la première fois, et la seule, celui que sa mère portait à son père. Dans ses paumes vibrait une onde de chaleur qui ne lui était pas uniquement destinée, et dans les yeux clairs de Katherine Marlowe, une lueur qu'il ne pouvait à l'époque interpréter, mais qu'il reconnut plus tard comme l'expression d'un attachement indéfectible. La même lueur qu'il avait saisie dans le regard de Jane destiné à Walter, le premier soir.

La servante n'a pas le teint aussi frais que son *ale*. Elle a l'air épuisée, distraite. Il lui a demandé si elle connaissait un jeune homme aux cheveux couleur de miel, au visage parsemé de taches de rousseur, aux traits fins et aux yeux verts. La description lui semble à présent trop flatteuse pour être vraie. Le garçon est sans doute autrement moins beau. La chaleur, la solitude, ce jour-là, ont dû lui faire prendre des vessies pour des lanternes. Mais le visage terne de la fille s'éclaire à l'énumération des caractéristiques physiques du livreur de foin. Oui, sûr qu'elle le connaît, c'est Francis, le fils de la ferme Dowton, au bout du village, sur la gauche après le chêne.

« Et qu'est-ce vous lui voulez ? demande-t-elle, la mine soudain renfrognée.

– Ce ne sont pas tes affaires », répond Marlowe, souriant, en posant sur la table un demi-penny pour son *ale*.

La ferme se tient bien au bout du village, sur la gauche, après le chêne, lovée parmi les pommiers et les cerisiers. Un bâtiment de taille modeste, qui ne revêt pas l'importance dont le ton de la fille l'investissait. Un vieux chien boiteux vient l'accueillir en battant de la queue. Dans la cour, une femme entre deux âges nettoie des outils agricoles. Elle le regarde s'approcher avec indifférence. Au nom de son fils, elle se retourne et l'appelle. Le chien s'est couché aux pieds de Marlowe, la femme lui demande s'il veut boire, il décline aimablement. Elle se remet à son ménage, comme s'il n'était pas là.

Après quelques secondes suspendues, le jeune homme apparaît, émerge lentement de l'obscurité de la grange, s'immobilise sur le seuil, auréolé de lumière poudrée. Il met son bras en visière au-dessus de ses yeux pour les protéger du soleil. Il est loin, mais Marlowe peut voir qu'il l'a reconnu et lui sourit. Le même sourire pur, insouciant, que celui qui le cloua sur place à Chestnut, le même encore que celui qui éclaboussait sa vision orgasmique quelques heures plus tôt. Une bande d'oies arrive en cancanant, passe devant le jeune homme alors qu'il se dirige vers Marlowe. Une oie lui passe entre les jambes et manque de le faire tomber ; il a un éclat de rire. Marlowe pourrait le contempler qui traverse la cour pendant mille ans, il lui semble qu'il ne se lasserait pas de sa démarche cadencée, nonchalante et pourtant déterminée, de ses boucles qui se balancent autour de son visage épanoui, de toute son attitude qui est plus accueillante que des bras ouverts ; elle se réjouit, l'invite, lui dit : « Je savais que je te reverrais, sois le bienvenu. »

*
* *

Elle a abusé de la pipe. Cette fois c'est trop, et elle a dû vomir à deux reprises dans le pot d'aisance. À moins que… Non, ce n'est pas probable. Marlowe ne jouit pas toujours en elle, pas de ce côté-là en tout cas. Et quand cela arrive, elle veille à se laver à l'eau très vinaigrée. Plusieurs fois par semaine, elle avale de l'huile de rue et de genévrier. De l'artemisia aussi, mais moins souvent car cela lui donne des hallucinations. Un jour, Marlowe avait voulu partager son état et avait lui aussi absorbé de cette plante, en quantité astronomique. Ils s'étaient réveillés au bord d'une falaise, à moitié nus, incapables de se souvenir de ce qui avait précédé leur réveil. Ils en reprenaient souvent depuis, avec plus de mesure, la nécessité de ne pas faire d'enfant n'étant plus qu'un lointain prétexte. Une certitude la tient depuis les potions de la veuve : son corps est devenu stérile. Aucune vie ne peut désormais s'y loger et y prospérer.

Elle a la tête trop douloureuse, l'esprit trop confus pour pondre la moindre ligne qui ait un peu de tenue. Étrangement, depuis qu'elle est rentrée, elle est moins emballée par sa pièce. C'est comme si retrouver Marlowe l'avait dépossédée de son intérêt pour ses personnages, de cette espèce de profonde tendresse qu'elle sent lentement naître pour Élisabeth, pour le Pygmée et son vilain petit torse planté sur ses jambes arquées, et même pour Dudley, qu'elle dépeint comme un calculateur épris de pouvoir qui le dispute à l'amant sincère. Ils sont toujours là, bien sûr, mais ont glissé quelque part à la périphérie d'elle-même, hors du cercle qui contient ce qui l'émeut le plus, en marge du lieu en elle où cela s'ébranle, frissonne, se tend, s'inquiète. Hors de tout ce qui n'est pas lui.

Elle espérait mettre à profit ces heures où il est absent pour travailler à sa pièce, mais au lieu de cela, elle reste couchée à fixer le plafond, se languit déjà de sa présence, de son contact, de sa peau et de son haleine, de sa voix. Une femme est-elle capable de se consacrer à autre chose qu'à l'objet de son amour ? L'esprit, le corps, l'âme d'une femme peuvent-ils se dédier à ce qui n'est pas cet amour et tout ce qui s'y rapporte ? Les hommes prétendent que les femmes sont dissipées, sans suite dans les idées, infidèles, versatiles. C'est faux. Jane est abasourdie de constater les ravages de l'amour sur sa propre personne : une femme s'obsède jusqu'à la nausée, désire jusqu'à la fureur, jusqu'à l'extase religieuse ou la souffrance la plus intolérable, jusqu'à la plus parfaite dissolution ; elle se noie, s'émiette, se dissout dans la passion. Jamais cela ne lui est arrivé jusqu'à Marlowe. Elle pensait – espérait ? – même que cela ne surviendrait pas. Et elle n'est pas certaine que cet état étrange lui soit favorable. Toute sa vie elle a lutté pour devenir cette personne qui criait au fond d'elle depuis sa plus tendre enfance, cette femme nommée Jane Crane qui exigeait de vivre et de penser, d'être entendue. Elle ne s'était pas trop mal débrouillée jusque-là. Jusqu'à ce que cet homme surgisse et l'enchaîne à lui pour l'emmener dans sa caverne aux pierreries.

Elle a parfois la sensation d'être étendue aux côtés d'un dragon. Elle contemple son trésor amoncelé, scintillant dans l'obscurité tout autour de leurs deux corps alanguis, elle se réchauffe à son haleine puissante de dragon, à sa chair de feu ; elle se consume dans la moiteur des tréfonds de la terre, là où personne ne peut plus la voir ni l'entendre, victime consentante d'une bête indomptable.

Mais pourquoi se sent-elle dépossédée d'elle-même depuis lui, alors que c'est le premier homme qui la voit véritablement telle qu'elle est, l'écoute, la supporte et la porte, l'encourage à écrire ? Pourquoi cette déchirante impression d'être plus vivante, mais d'exister moins ?

Est-il un lieu lointain où je pourrais aimer
Aimer et être aimée pour celle que je suis ?
Corps de chair, cœur de sang, sein offert et ardent
Non plus vierge éternelle, amazone d'airain.
Je veux t'appartenir, à toi et à toi seul
Non à la multitude, à Dieu, à une idée.

Marlowe trouvait que c'était trop raide, que cela manquait de fluidité, de musicalité. Et il avait raison, comme toujours. Il était encore charitable car, à la relecture, ce n'était pas débordant d'originalité non plus. Par contre, la grandeur dont il ne cessait de l'assommer, ce qu'elle ne pouvait envisager que comme une rigidité pompeuse, elle n'en voulait pas. Elle voulait une Élisabeth fière et forte, certes, pleine de morgue et d'ironie, d'élégance, mais pas une statue à face de cire engoncée dans ses fraises, ses joyaux et ses vertugadins, cette espèce d'animal empaillé qu'on servait partout et à toutes les sauces, sur les portraits, dans les poèmes, les conversations. Elle s'étonnait que même Marlowe n'échappe pas à ces clichés véhiculés sur la reine, lui qui la connaissait un peu.

Il semblait médusé par elle, incapable de l'imaginer dans l'intimité, débarrassée de ses oripeaux. C'était pourtant le dessein de Jane, le but ultime de la tâche qu'elle avait commencée, faire un portrait d'une amoureuse enragée qui refuse de se donner, d'un être dévoré de désir dans le corps d'une idole intouchable, d'une femme ivre de puissance et lassée du pouvoir, une femme sans âge, très vieille et très jeune, une créature contradictoire, contrastée jusqu'à la déchirure. La démesure, la « grandeur » écrasante que prône Marlowe naît autant de l'exposition des faiblesses que des forces à l'œuvre dans les êtres. Jane le sait, mais elle peine encore à traduire cela en vers, en vie, en art.

Pourquoi les personnages de Marlowe sont-ils des êtres désespérément froids, désertés par la compassion, voués à la solitude et à la damnation ? Un vers du *Juif de Malte* lui revient souvent en mémoire, *Il n'y a pas d'amour sur cette terre.* Et si c'était la vérité, si l'homme n'était mû, au fond, que par ce désir démentiel de puissance, cette avidité de dépassement des limites que lui imposent sa condition et le monde, avidité qui confine à la folie ? Si l'humain se résumait à cette force brute et dévastatrice ? Tout le reste ne serait dès lors que mensonge et illusion, tout le reste, la vertu, la justice, la charité… Alors, même Marlowe, l'homme sans dieu, aurait fini par être dupe, et prendrait son désir pour autre chose que ce qu'il est essentiellement : la cupidité de la chair en quête de plaisir et de possession, l'impérieux besoin d'exulter, la rage de vivre.

Elle n'a pas envie de faire parler Élisabeth. Elle veut lui parler, à lui, faire taire ce qui se lève dans son esprit tourmenté, cet abominable sentiment de duperie, de farce pathétique. Elle veut croire encore que ses mots, ses mains sur elle, l'élan de son corps vers le sien, l'étreinte de leurs esprits sont bien les manifestations de quelque chose de grand et de beau qui rachète leur péché, les sauve de l'absurdité de l'existence, de l'enfer et de la mort.

Mon amour,

Où es-tu donc allé promener ton corps que je cherche en vain contre mon flanc ? Je tâtonne, je caresse le creux que tu as laissé dans le matelas, comme une aveugle en quête de la lumière qu'elle ne trouvera pas. Où donc es-tu depuis cinq longues heures ? En cinq heures, on peut aller loin, on peut, en chevauchant rapidement, arriver à mi-chemin de Londres, se poser dans une auberge pour la nuit, et repartir le lendemain avec un cheval frais. On peut aussi bien rejoindre les Cornouailles, le pays de Galles, ou tracer sa route vers le nord, le Yorkshire et l'Écosse, ou bien encore atteindre Southampton et prendre un bateau pour Calais ou Bordeaux, ou Amsterdam, ensuite Lübeck, Gdansk, et puis voyager vers Moscou, Samarcande et, pourquoi pas, la Chine.

Sais-tu que je t'imagine parfois errer sur ces routes lointaines, dans ces paysages démesurés, ces steppes désolées sans doute hérissées de montagnes et creusées de lacs, je vois une caravane de marchands portant d'énormes moustaches, vêtus de soies bariolées et de toques de fourrure ; ils t'invitent à te joindre à eux jusqu'à une bourgade au nom impossible, et la longue file d'hommes et de chameaux ondule sous le soleil, sillonne à travers des montagnes grandioses, sous un ciel en mouvement, au royaume de Tamerlan. Le soir venu, on dresse le camp, et l'odeur du safran monte dans l'air, ainsi que les notes d'un instrument inconnu aux sonorités exotiques. Tu fumes en somnolant dans ta couverture, sous le firmament plus vaste et plus lumineux que celui de nos cieux étriqués, tu rêves à Léandre, à Percy, à la reine, à moi peut-être, encore un peu, tu rêves et tu t'endors en rêvant, bercé par le chant des hommes dans la nuit.

Mais tu es sans doute simplement couché dans l'herbe, à l'ombre d'un chêne, ou dans une grange, au bord de la mer, à quelques pas qu'il me suffirait de franchir pour te rejoindre. Tu es une espèce d'illusion, de vision hallucinée rêvée par un fou, un enfant ou un poète. Tu es le miracle de mon existence. J'ai peur qu'un beau matin, tu aies disparu, et que je m'aperçoive que tu n'as jamais existé. Sauf dans mon fantasme.

Apparais, monsieur Marlowe, ou je boude.

Jane

16

Elle était descendue, avait pénétré brusquement dans la pièce où Walter écrivait. Il avait sursauté et avait bredouillé quelques mots sans sens, comme pour s'excuser. Il avait encore griffonné quelque chose, avait cacheté la lettre d'un geste fébrile et avait appelé Feargod pour la lui donner. Jane avait suivi le valet et lui avait demandé le pli. Il était adressé à Thomas Walsingham, à Scadbury Manor, dans le Kent. Elle ne connaissait pas ce Walsingham-là, mais tout ce qui était lié de près ou de loin à ce nom ne lui inspirait aucune confiance.

Elle hésita, garda la lettre contre elle un instant, puis céda à la raideur obstinée de Feargod, à son regard fixé sur le sol, absolument dévolu à sa mission, qui était de faire partir cette lettre toutes affaires cessantes pour Scadbury, dans le Kent. Aussitôt le valet disparu avec le pli, elle n'y pensa plus. Elle décida de cuisiner ; c'est ce qu'elle faisait quand elle ne trouvait pas de chemin avec elle-même. Elle allait préparer du pain d'épice pour les deux hommes qui habitaient cette maison, les deux hommes avec qui elle partageait désormais sa vie. Chacun d'eux aimait le pain d'épice ; Walter le voulait agrémenté de vin rouge, Marlowe aimait le goût de l'anis étoilé. Elle les contenterait l'un et l'autre, exceptionnellement.

Elle mit le miel à bouillir, ajouta le gingembre, la cannelle, le safran et le poivre. Pendant qu'elle tournait dans la marmite, Walter entra dans la cuisine. Elle ne l'avait pas entendu, avait senti sa présence solide, singulièrement dense derrière elle. Elle se souvint que cette manière qu'il avait de prendre sa place dans une pièce et de l'habiter l'avait séduite autrefois. Elle aurait pu se retourner et lui parler, mais elle n'en fit rien, continua de mélanger le miel et les épices. Après l'abus de tabac de la matinée, les odeurs capiteuses lui faisaient tourner la tête et la rendaient un peu nauséeuse, pas très sûre sur ses jambes. Elle trouvait rassurante l'attitude muette de Walter ; il l'enveloppait d'une gangue de protection invisible contre le monde et, surtout, contre elle-même. Il avait toujours eu le don de lui procurer cette impression que rien ne pouvait lui arriver lorsqu'il était près d'elle, qu'il avait le pouvoir de faire taire ce qui menaçait au-dedans d'elle comme au-dehors. Marlowe, au contraire, tissait autour de lui une toile faite de sensualité aux aguets, de mystère fiévreux, de danger sans objet précis, mais imminent, enivrant, presque tangible. Et épuisant.

Elle versa la chapelure dans le miel et se remit à mélanger. Elle s'aperçut qu'elle avait oublié l'anis étoilé. Elle s'essuya les mains, s'empara du pot qui contenait la plante pilée, en versa une pleine cuillère dans le mélange. Walter s'était assis au bout de la table. Il l'observait sans rien dire, avec une attention ardente, et par ailleurs une distance qui semblait infranchissable. Elle ressentit un affreux pincement à l'endroit du cœur, comme si une pique chauffée à blanc tentait de s'y introduire. Elle mit la main sur sa poitrine en grimaçant, souffla profondément. Walter demanda doucement :

« Tu ne te sens pas bien ? »

Jane hocha la tête pour signifier « ça va », et reprit son activité culinaire. Elle beurra une plaque de métal et y disposa la pâte, qu'elle entreprit d'aplatir de ses mains enduites de farine. Les yeux de Walter étaient rivés aux mouvements de ses doigts sur la pâte molle et odorante.

« Je peux goûter ? » demanda-t-il avec un sourire désarmant.

Elle coupa un petit morceau de pâte qu'elle lui tendit. Il mâcha avec délectation, sans cesser de regarder sa femme. Jane restait la main tendue, les yeux plongés dans ceux de Walter, incapable de poursuivre son activité. Elle s'ordonnait intérieurement de s'arracher à ce regard, de mettre sa pâte au four, puis de quitter la cuisine, mais rien ne se passait, son corps refusait d'obéir à sa volonté.

Elle se revit brusquement des années plus tôt, sur la lande près de Scarborough. Il venait de l'embrasser pour la première fois. Un baiser assuré, absolu. Elle avait dérivé longtemps, son souffle mêlé au sien, sentant ses mains se promener sur sa taille, dans son dos, puis sur son visage, des mains fortes et sereines, qui délimitaient ses contours, lui procuraient la sensation d'être complète, et l'invitaient tranquillement au plaisir. Elle voulait se donner à ces mains, à cette bouche, à l'homme qui possédait ces mains et cette bouche, là dans ce lieu désolé, elle voulait lui appartenir sans plus tarder.

Elle avait tant tardé, déjà presque vingt ans, bientôt une vieille femme ! Et la vie qui filait comme une voleuse épousait inexorablement la courbe du temps. Depuis son plus jeune âge cette course effrénée et perpétuelle la terrifiait. Ce baiser avait creusé une brèche, avait interrompu le flot de secondes, de minutes, d'heures, leur avait ménagé à tous deux quelque chose qui échappait à la durée, qui n'était plus un moment, mais seulement de l'espace. Si ce baiser était un rempart contre le temps, quels prodiges allait accomplir l'union de leurs deux chairs ?

Le regard dont Walter la couvait à présent la ramenait en arrière, douloureusement. Il y avait de la tristesse désabusée dans ses yeux, une lucidité poignante qui n'y était pas alors. Le lot de l'âge, des désillusions, l'amer don du temps. Elle eut envie de l'enlacer, de le serrer, et que magiquement surgissent autour d'eux les landes détrempées, le ciel bas, la bruine qui noie les lointains grisâtres. Elle avait envie de lui dire : « Tu sais, rien ne meurt vraiment, ce jour-là est inscrit en nous comme les constellations au ciel, comme les lignes dans la main. Même si j'aime ailleurs, même si je me consume et que je t'échappe, il y aura toujours cela, ce temps défié et vaincu, ces instants sans durée, ce baiser. »

Il lui sembla que Walter hochait imperceptiblement la tête. Elle lui sourit. Une chose la frappa soudain : elle ne serait jamais seule, quoi qu'il arrive. Cette certitude la laissait perplexe, mal à l'aise. C'était un dangereux sort, un enchantement au double visage, une prison dorée que ce qui la liait irrévocablement à Walter. Peut-être aurait-il mieux valu être seule, désespérément, face à l'amour jaillissant, face à la honte, seule face à l'inévitable dénouement, à la perte, ou au bûcher qui brûle de ses dernières braises, à la fin, à la mort. Seule mais libre. Une femme seule et libre n'a pas de place en ce monde.

Elle s'aperçut qu'elle avait fini de découper les biscuits à l'emporte-pièce, mis le plat au four, nettoyé la vaisselle sale et essuyé la table. Walter était derrière elle et lui enlaçait la taille, enfouissait son visage dans ses cheveux. Elle n'avait pas la force de résister à ce contact bienfaisant, elle avait besoin de relâcher la tension de ses nerfs, de ses membres, bandés de désir, éreintés par le plaisir. Elle se laissa aller contre son torse puissant, se laissa embrasser dans le cou. Elle sentait le membre de Walter devenir dur contre le creux de son dos et cela la surprit. Que croyait-elle ? Qu'il allait se contenter de lui prodiguer une tendresse fraternelle, qu'il recueillerait le poids de son âme tourmentée et de son corps de pécheresse sans exiger rien ? Pensait-elle qu'il était devenu impuissant, que plus aucun feu ne brûlait dans cette imposante charpente ? Elle s'aperçut que c'est en effet ce qu'elle imaginait de lui. Il lui avait écrit qu'il la désirait de nouveau, mais elle n'y croyait pas vraiment, pas après toutes ces années où elle ne lui avait inspiré qu'une répulsion mal dissimulée.

Elle voulut se dégager mais il la retint contre lui, la poussa contre la table et l'obligea à se pencher en avant. Elle résistait doucement, demandait avec gentillesse qu'il la laisse.

Soudain elle le sentit se figer ; elle releva la tête et poussa un cri. Dans l'embrasure de la porte se découpait la silhouette svelte de Marlowe, dans le contre-jour. Ils restèrent tous trois silencieux et immobiles pendant de longues secondes. Elle ne pouvait pas voir son visage, mangé d'ombre. Marlowe disparut enfin et on entendit son pas dans l'escalier.

Walter relâcha son étreinte et elle s'enfuit de la pièce pour grimper quatre à quatre à la suite du poète. Il était allongé sur le lit, un livre à la main. Elle se tortillait et trépignait, debout près de la porte. Aucune parole ne lui venait aux lèvres. Elle voulait se blottir dans ses bras, elle voulait qu'il les ouvre grand pour elle comme il faisait toujours, qu'il lui demande si elle avait écrit, ce qu'on mangeait au souper, si elle voulait aller se promener, à deux sur le dos de Phœnix, le vieux cheval de guerre qu'elle avait acheté à prix d'or à un soldat ivre qui le battait sur la route. Mais il gardait le silence. Il ne semblait pas en colère, juste grave et concentré.

« Parle-moi », dit-elle d'un ton monocorde.

Il leva les yeux du livre et la regarda avec un sourire bienveillant.

« Mais je n'ai rien de particulier à te dire, Jane, répondit-il sans animosité en replongeant dans sa lecture.

– Arrête ! »

Elle avait crié et s'était approchée de lui, emparée du livre, qu'elle avait jeté à travers la pièce. Marlowe s'était levé posément et était allé ramasser l'ouvrage qui gisait ouvert et avait perdu deux pages dans sa chute. Il soupira en constatant les torts causés par la violence de Jane, lui lança un regard de reproche. Il caressa la couverture du livre avec sollicitude, se recoucha, chercha l'endroit où manquaient les pages, les replaça et déposa le livre fermé à côté de son oreiller. Il ouvrit les bras, et elle s'y jeta violemment, se mit à sangloter à gros bouillons. Il lui caressa les cheveux, lui murmurant des chut et des mots d'apaisement. Elle parlait mais ses mots étaient étouffés, entrecoupés de hoquets, de respirations bruyantes et hachées. Il la força à se redresser, dégagea les mèches trempées qui lui collaient au visage, essuya la morve sous son nez. Il avait une envie furieuse de rire chaque fois qu'il la voyait dans cet état, de rire et de pleurer à son tour, tant l'amour qui le submergeait lui tordait les boyaux, lui lacérait la poitrine, lui envahissait le crâne, très précisément cet espace du crâne juste derrière les yeux.

« Parle doucement, dit-il, calme-toi, je ne comprends rien.

– Il… Il ne… Rien… hh, hh, rien ! C'est… Walt qui… Tu… vas, hh, tu vas…

– Je ne vais rien du tout. Ce n'est pas grave, chut, pas grave, tout ça. »

Jane cessa de pleurer, recula et le fixa d'un regard noir.

« Pas grave ? Tu t'en fiches, alors ? Walter peut me baiser si ça lui chante, ça n'a pas d'importance pour toi ?

– Je n'ai pas dit ça !

– Si !

– Oh et puis, merde ! Fais ce que tu veux, Jane. Je n'ai aucun droit de te reprocher quoi que ce soit. Tu n'es pas à moi, tu ne m'appartiens pas, mais à Walter, finalement, non ? »

Jane est si choquée qu'elle est incapable de prononcer un mot. Il se recouche sur les oreillers et fait mine de replonger dans son livre. Elle l'en empêche en le lui retirant des mains et en menaçant de le lancer à nouveau.

« Non ! » hurle-t-il.

Il le lui reprend et le pose à terre, sous le lit. Jane lâche avec véhémence :

« C'est toi qui dis que nous n'appartenons à personne. L'amour n'est pas possessif. L'amour est la liberté même. Tu me l'as assez chantée, celle-là, sur tous les airs. Je n'appartiens donc pas à Walter, et le mariage n'y change rien. Tu vois, j'ai bien appris ma leçon. »

Marlowe soupire.

« Je n'ai jamais sincèrement cru à ces foutaises. Je faisais semblant, quand ça me convenait. Cela valait pour les autres, pas pour moi.

– Tu souffrirais de me partager avec Walter ? » demande Jane.

Marlowe garde le silence, il la couve d'un regard mauvais. Il se lève et fait les cent pas, soudain très agité.

« Écoute-moi bien ! J'ai eu envie de le saigner avec un couteau de cuisine, tout à l'heure. Malheureusement, j'ai eu le même désir te concernant. L'espace d'une seconde, j'ai été pareil à ces types qui tuent leur femme et son amant sur un coup de sang. »

Il se tait un instant avant de demander :

« Réponds-moi sincèrement : as-tu encore envie de Walter ?

– Non. Tu le sais. Mais… Je n'arrive pas à me l'expliquer. Il est… comme un parapet qui me retient de tomber dans le précipice. »

Marlowe lui lance un regard incrédule. Jane lève les yeux au ciel, semblant vouloir y trouver quelque chose à ajouter, en vain. Elle ouvre la bouche mais rien n'en sort. Elle se lève, le rejoint, lui prend le visage et l'embrasse. Il résiste un moment, encore hanté par ce qu'ils viennent d'échanger, puis cède à ses caresses, la porte jusqu'au lit, où il sera incapable de lui faire l'amour.

Une fois Jane sortie, il lit la lettre qu'elle lui a laissée, découvre sa vision de lui, errant au royaume de Tamerlan… Il a un sourire amer. Qu'a-t-elle besoin de l'envoyer seul si loin, alors qu'il n'a d'autre rêve que celui de vivre avec elle, dans le village voisin ? Il a quand même un instant la complaisance de croire que c'est peut-être ce qu'il aurait fait, voyager loin et seul sous les étoiles, s'il n'avait pas dû mourir. C'est peut-être ce qu'on dira de lui dans l'avenir : « Il est mort si jeune, trop jeune ! Que n'aurait-il fait, quels chefs-d'œuvre n'aurait-il pas écrits s'il avait vécu ? » Ce que les braves gens ne sauront pas, c'est que l'indolence était trop souvent sa maîtresse pour lui permettre de découvrir d'autres cieux lointains, pour travailler comme il l'aurait dû, comme ses contemporains l'exhortaient souvent à le faire, en particulier Watson et Nashe.

Il laissera le souvenir d'un jeune homme en pleine possession de ses moyens et qui avait la vie devant lui. Un jeune homme qui avait le feu au corps, autodestructeur et violent, qui aura eu une mort à l'image de sa vie. Un portrait flatteur, très séduisant, du moins selon ses propres critères. On ne pourra associer cette projection à aucune image physique de lui. Ah, si ! Il y a ce portrait qu'il avait commandé quand il était encore à Cambridge, où il posait, les bras croisés, la tignasse flamboyante, dans un pourpoint violet profond émaillé de broderies orange brûlé, accompagné pompeusement d'une devise, *Quod me nutrit me destruit.* C'était Walter qui l'avait inventée, alors qu'ils étaient partis naviguer sur le Cam, un jour de grand soleil, peu avant les congés d'été. Ça avait de l'allure, et ça lui collait incontestablement à la peau. Un brin trop tragique, peut-être, mais il aimait ça.

Qu'est devenu ce portrait ? Il dort sans doute dans un grenier, face contre le mur, recouvert de toiles d'araignée. Ou il a fini par alimenter le feu d'un professeur taraudé par le souvenir d'une mauvaise blague, d'une humiliation. Il n'y a aucune raison que sa propre tête décore encore le mur de la salle à manger de Christ Church à l'heure qu'il est. Marlowe n'est pas ce qu'on peut appeler un élément honorable, qui contribuera à assurer pour les siècles à venir la réputation d'un prestigieux collège de Cambridge. Bien au contraire.

Il repense à ce qu'elle lui a dit, au « parapet ». Ce qu'elle veut signifier, c'est que Walter l'empêche de s'écraser. Il est la main tendue *in extremis,* avant le contact fatal avec le fond de l'abîme. Du moins c'est ce qu'elle croit naïvement. C'est sans doute ce que Walter croit aussi. Marlowe a vraiment été possédé par l'envie de les envoyer *ad patres* quand il les a vus, lui collé à son derrière comme un chien en chaleur, elle… Elle, quoi ? À peine consentante ; gênée, mais désireuse de ne pas vexer l'assaillant. Peu importe, après tout.

Il ne pouvait donc rien contre le temps, contre les années tissées entre eux. Contre la puissance des amours mortes.

Mais elle se mettait son joli doigt dans l'œil, si elle espérait se ménager un atterrissage sans douleur. Il faudrait bien qu'elle souffre, qu'elle en crève, comme lui-même en crevait, qu'elle touche le fond, s'écrase, mange la poussière, se déchire et tombe en lambeaux. Il faudrait bien que cet amour tienne ses promesses et l'anéantisse. Que croyait-elle ? Qu'on aimait impunément, seulement hanté de petites craintes de chrétien combinard ? Elle voulait qu'il la rende libre, qu'il lui enseigne à vivre, mais ne savait-elle pas que la liberté a un prix ? Le prix que lui-même payait depuis toujours, une bonne mesure de solitude pour commencer, et la horde de sentiments qui l'accompagne comme un cortège de veuves derrière un corbillard.

Pauvre Jane. En vérité elle était à la torture. Seulement, sa souffrance était d'une autre nature que la sienne. C'était une souffrance de femme. Il n'aurait pu expliquer le sens de cette évidence. Il pouvait seulement ressentir la singularité, le caractère sexué de la douleur de Jane. Il était capable, subitement, de voir la vie de Jane sans y apposer le filtre de sa masculinité, de sa position de dominant. Il saisissait ce que cette vie avait d'âpre, d'injuste, de déterminé, de prédestiné. Toutes ces sornettes sur la prédestination qui faisaient les gorges chaudes dans les universités l'avaient intéressé de très loin. Ne croyant pas au dieu des chrétiens, qu'ils soient catholiques ou protestants, peu lui importait de savoir si Dieu avait destiné une poignée d'hommes à la béatitude éternelle ou à la damnation. Et si ce même Dieu tenait compte des mérites de ceux qu'il plongeait au paradis ou en enfer. L'enfer, c'était ici et maintenant.

Le paradis aussi, plus rarement. En pensant à Jane, à la manière dont elle se débattait avec la vie, il lui apparut ceci : tel le dieu conçu à leur image, les hommes ont, « par un décret éternel de leur volonté », prédestiné les femmes à une existence implacable. Elles portent tous les péchés du monde, naissent en esclavage, et doivent lutter à chaque instant pour obtenir le moindre adoucissement de leur condition misérable.

Il lui revient à l'esprit le sort que Jane a réservé au fœtus qu'elle portait, et une intolérable tristesse l'envahit. Il avait éprouvé une espèce de révolte, mêlée de dégoût et d'incompréhension quand elle lui avait confié son secret. À présent il est dévoré de culpabilité, comme s'il était personnellement responsable de ce qu'elle avait fait. Elle avait dû se sentir bien malheureuse, perdue dans une détresse et une solitude insondables, pour tuer la vie en elle. Et le noble Walter, Walter à l'attitude si chevaleresque, n'avait pas été là pour tendre le bras et empêcher l'irréparable. On n'avait pas vu intervenir le « parapet ». Walter ne savait sans doute rien de cela. Mais il était peu probable qu'il eût été capable d'accepter le geste de sa femme. Qui le serait ? À part lui-même, et seulement après mûre réflexion. Mais lui-même ne comptait pas. Il n'était qu'un marginal, un démon, une aberration de la nature.

*
* *

Le jour décline. Feargod ou Heather ne tardera pas à venir frapper à sa porte pour annoncer que le souper est prêt. Il n'a pas très faim. Ou peut-être juste assez pour goûter au dessert qu'elle avait préparé et qui cuisait au moment où il était rentré. La cuisine embaumait l'anis étoilé, elle n'y était pas allée avec le dos de la cuillère. La mère de Francis lui avait offert une collation, un mélange de fraises, de framboises et de groseilles surmontées de crème épaisse au miel aromatisé de menthe. Les paysans mangent plus volontiers des fruits non cuits et des légumes, et ce régime lui convient mieux que celui des gens aisés, trop riche en viandes et en venaisons. La sensation de goûter à quelque chose qui venait à peine d'être cueilli lui a toujours procuré un plaisir incomparable, lui rappelant l'enfance, quand ils allaient chaparder les pommes et les poires dans les vergers à l'automne, les baies sauvages dans les bois autour de la ville.

Cet après-midi avait été singulier, une suite d'heures bénies suspendues au fil fragile de l'harmonie et de la grâce. S'il avait dû décrire de quoi était fait ce fil, il aurait parlé de la tiédeur de l'air, de la lumière voilée, diaphane, et de la qualité rythmique, de l'élégance innée du pas de Francis à ses côtés, sur ce sentier entre les aubépines ; il aurait évoqué la voix du jeune homme, claire dans la fraîcheur du sous-bois, son rire que Marlowe faisait éclater à l'envi, sa curiosité innocente et son naturel absolu, dépouillé de tout calcul, de préjugés, d'aucune autre intention que celle de partager un moment d'existence.

Il n'avait eu aucun désir pour Francis. Aucun, et cela l'avait dérouté et rassuré. Pourquoi rassuré ? Espérait-il sans en avoir conscience être guéri de son goût des hommes ? Pourquoi était-il allé lui rendre visite, d'ailleurs ? Pour se mettre à l'épreuve ? Avait-il eu besoin de mesurer l'effet de sa séduction en dehors de celle qu'il exerçait sur cette femme qui faisait désormais partie de lui ? Il ne s'était posé aucune question en partant, ce matin-là. Il avait suivi son intuition, le chemin sur lequel son caprice le menait. Francis lui avait pris la main et l'avait embrassée, juste avant qu'il reprenne le chemin du manoir. C'était un geste qui signifiait qu'il le comprenait, qu'il aurait cédé au désir de Marlowe s'il s'était manifesté.

« Quand je t'ai vu dans la cour, j'ai cru que tu venais pour ça, lui avait-il dit simplement. Et je t'attendais. »

Marlowe avait été bouleversé par sa candeur. Il avait embrassé chastement le garçon sur les lèvres, en pensant à celles de Jane qui l'attendaient. Il avait fait le trajet du retour, bercé par une gaieté juvénile, en proie à un rare élan d'optimisme et d'insouciance. Un état qu'il n'avait plus connu depuis des années. Il traversait le hall à grandes enjambées allègres, attiré par les effluves d'épices, quand la vision l'avait giflé sur le seuil de la cuisine, la vision de leurs deux corps comme un seul, plaqué contre la table, cette table sur laquelle la chair de Jane s'était ouverte pour la première fois à lui, comme la mer Rouge devant les Hébreux. Il avait eu envie de les tuer, puis de mourir.

17

Il entend les voix monter de la salle à manger, à travers le plancher et le tapis, celles de Jane et de Walter, et deux autres qu'il ne connaît pas. Une voix de femme encore jeune, haut perchée et fébrile, feignant une gaieté excessive. Et une voix d'homme, rocailleuse et tonitruante. Ça jacasse depuis une bonne heure, et il est incapable d'écrire, de relire une scène de la pièce de Jane et de faire ses remarques, incapable de dormir. Heather lui a apporté une assiette de nourriture et du vin. Il a mangé comme un puni, seul sur son lit. Il regrette de ne pas être sorti ; il aurait préféré passer la soirée à la belle étoile plutôt que dans ce brouhaha qui le met à la torture. Ha ha ha ! Voici poindre le rire hystérique de la femme, auquel se joint celui de Jane. Ha ha ha, houuuu ! Hi hi ! Et ça monte, ça cascade, ça se perd dans les hauteurs ; celui de la femme ressemble parfois à un hennissement, et voilà que les hommes s'y mettent. Il aimerait descendre et les faire taire. Quand Walter reçoit, c'est toujours la même mascarade : on le prie de rester dans sa chambre jusqu'à ce que les hôtes aient quitté les lieux. La dernière fois, il était allé se saouler à Dorchester et n'était rentré que le surlendemain.

Il décide de s'enfuir, se rend dans la galerie du second étage, une bougie à la main, la carafe de vin et la pièce de Jane sous le coude. Par la grande fenêtre en baie, la lune illumine le berceau de calcaire, où la vigne semble se mouvoir, serpenter librement à fleur de pierre comme sous une peau translucide. Il a le sentiment de n'être pas seul en ce lieu, mais enveloppé d'une végétation oppressante, animée d'une tension organique mystérieuse et toute-puissante ; une pulsion répondant au principe même de la vie, qui va son chemin, coule inexorablement, sans dessein, sans état d'âme et sans retour. Sans retour. Il marche un peu pour se défaire de cette sensation de fuite sans fin, de ce vertige qui pourrait le rendre fou.

Ses pas résonnent dans le vaste espace vide. Sous les branches, sous les feuilles entrelacées et vibrantes se tient bien droit, bien rectangulaire, parfaitement circonscrit et rassurant dans son cadre épais, le portrait de Jane. L'artiste n'a pas réussi à rendre la grande douceur des joues et la ligne nette et volontaire de la mâchoire. Comme si les deux éléments étaient incompatibles dans le même visage ; la force de caractère et la tendresse. C'est pareil pour le regard : il y a dans celui de Jane de la cruauté et une bonté désarmante. Le portrait ne possède que la deuxième. Il n'est que l'apparence de Jane. Ne recèle pas son âme. Il ne vaut rien.

Il laisse là le tableau et va s'asseoir sur le banc devant la fenêtre, reprend sa lecture de la pièce. Après quelques vers, il dépose les feuillets avec un soupir. C'est bon, c'est même très bon. Et ça le crucifie. Elle déverse des flots de texte habité, percutant, alors que lui-même ne serait plus capable d'écrire une pièce acceptable. Il l'a ensemencée de son propre talent. C'est comme si son génie créateur l'avait quitté pour aller se loger dans l'esprit de Jane. Il ne pouvait penser à ce phénomène autrement que sous la forme d'images sexuelles. C'était par son sexe que son souffle poétique s'échappait vers elle, par son sexe jamais rassasié, jamais en repos, dressé de l'aurore au crépuscule, du crépuscule à l'aurore.

C'était comme s'il lui éjaculait dans la tête, lui baisait le cerveau. Jane était son Empousa, elle se nourrissait de son talent sous la forme de son foutre, comme la fille d'Hécate absorbe le sang humain. Il mesure enfin de manière viscérale la terreur qu'inspirent les femmes aux hommes, et l'absolue urgence qu'ils ont éprouvée à les asservir. Bien que les hommes n'aient la plupart du temps qu'une très vague, très diffuse notion de la manière dont les femmes peuvent les dominer, les vider de leur substance, de leur moelle. C'est un pouvoir immense, qu'il est impératif de museler, sous peine de mort.

Ce danger n'existe pas entre deux amants de sexe masculin. Les hommes entre eux ne se menacent pas de dépossession. Ils ne font qu'engendrer la fin de l'espèce. Ils s'échangent leur foutre en toute sécurité, en toute impunité. Il n'y a là aucune anguille sous roche, mais la certitude d'une bonne entente entre possesseurs de bites. Un jeu sans malice entre organes externes, entre membres bien visibles qui se donnent sans feinte, sans fard, sans mystère, comme de bons camarades. Pas de puits sans fond, de béance, de caverne aux sortilèges, pas d'invisibilité abyssale. Le trou du cul n'est pas de taille à rivaliser avec un con de femme. C'est un air de pipeau comparé à une polyphonie, un petit colombier à côté d'un clocher de cathédrale.

Aimer un homme lui semble si simple à présent, sans risque, excepté celui de finir au bout d'une corde. La femme est le défi suprême de l'homme, elle est son ultime croisade, sa destinée, son impossible conquête, celle qui lui résistera encore lorsqu'il aura soumis les peuples, possédé toutes les terres immergées, les océans et les pôles, les bêtes et les fleuves, le ciel, les étoiles. Parce qu'il échouera à la comprendre et à l'aimer, l'homme n'aura de cesse de la soumettre et de l'humilier, jusqu'à la fin des mondes.

Il pense aux Amazones. Guerrières copulant avec les hommes de leur choix puis les jetant comme des linges usagés, elles ne gardaient en vie que leurs enfants femelles et tuaient les mâles ou les conservaient en esclavage. Femmes surpuissantes, autonomes, n'ayant besoin d'hommes que dans la perspective de perpétuer leur race implacable. Pourquoi aimait-il cette légende ? Parce qu'elle représentait, quand il était adolescent, son pire cauchemar, celui qu'il partageait avec ses semblables, de toute éternité ? Peut-être le mythe recelait-il pour lui, à l'époque, au-delà de la crainte et même de la répulsion, une vérité non encore révélée, qui avait l'éclat et la saveur de ce qui s'annonce comme la découverte d'une vie ? Un peu comme les mystères des territoires encore inexplorés se dessinent dans les rêves du voyageur en devenir, sommeillant dans son lit d'enfant.

La reine de Jane incarne cette puissance dont il est impossible à l'homme de mesurer l'étendue, cet abîme de force dans un corps qui n'a que l'apparence de la fragilité. Elle est l'Amazone ultime, incorruptible et stérile. Stérile par choix. Comme Jane. En refusant la fonction de procréation à laquelle l'homme la réduit, Élisabeth clame sa liberté absolue, impose un nouveau type de pouvoir, reposant sur un présent souverain, à la mesure du temps de vie qui sera imparti à son corps de mortelle. Elle dénie au monde le droit de se projeter dans un futur qui ne la contiendra plus. Mais elle se fout aussi du temps, elle l'emmerde, le temps, puisqu'elle se proclame éternellement jeune, éternellement belle. Elle est la femme sur laquelle la mort n'a pas de prise.

Il repose les yeux sur les feuillets. Qui voudrait monter cette pièce ? Qui aurait les couilles de mettre dans la bouche d'acteurs ce texte subversif, bien plus subversif en vérité que tout ce que lui-même a jamais écrit ? Il sera peut-être joué, une fois qu'Élisabeth bouffera les pissenlits par la racine. Quand tout sera rentré dans l'ordre après qu'on aura assis sur le trône le gros Stuart, rejeton falot d'une autre Amazone décapitée. Quand le pouvoir répondra de nouveau à la nécessité pour l'homme d'assurer sa domination et sa survie. Et que cette histoire de Reine Vierge et immortelle ne se donnera plus que comme une fable, un conte merveilleux et effrayant destiné à faire peur aux petits garçons et rêver les filles.

La vigne est plus calme à présent. Elle a perdu ses allures de plante en pleine croissance sous la peau d'un gigantesque gisant. La lune se cache derrière un nuage. Marlowe sent soudain un grand froid l'envahir, semblable à l'espèce de fluide immatériel et sépulcral qui vous prend à la gorge dans les profondeurs des cryptes. Il va aller la chercher, son Amazone, l'enlever à sa soirée insipide, à ses éclats de rire forcés, il va l'emporter avec lui au-dehors, et ils grimperont dans la nuit jusqu'au cottage sur la lande, par le sentier le long de la falaise. Elle relèvera sa jupe et courra comme une chèvre de montagne sur la bande de terre étroite qui surplombe le vide. Et leur apparaîtra la masure au toit qui touche terre, recroquevillée comme une vieille enroulée d'un châle, assise face au vent. Il ne l'avait prise là qu'une seule fois, sur le sol, au milieu de la laine et des déjections d'oiseaux marins. Une seule et unique fois qui lui restait en mémoire comme une douleur, un écartèlement de la chair de son cœur, le creusement d'une blessure qui ne se fermera plus jamais. La béance, l'abîme, le vide en miroir du vide en elle, qui l'aspire chaque jour et le remet au monde, un peu plus en vie. Ou un peu moins, cela devenait aléatoire. Il rêvait qu'elle puisse elle aussi le pénétrer de son corps. Il voulait connaître la sensation d'être empli, gavé, gorgé, comblé, jusqu'à perdre conscience, par sa chair à elle. Il voulait être elle.

En constatant que la carafe de vin est vide, il décide que c'est le moment de faire irruption à table. Il descend les escaliers en tanguant, obligé de se tenir à la rampe. En l'apercevant dans l'embrasure de la porte, Jane reste une seconde interloquée puis pousse un cri, quelque chose entre le rire et l'effarement. Walter se lève si brusquement que sa chaise en tombe.

On retrouve ses esprits, on fait les présentations. Marlowe est un cousin du Nord en visite, pasteur sans fortune. Les invités sont de petits nobles récents, que Marlowe juge immédiatement étriqués, bigots, incultes. Il a été bien inspiré de jouer à l'homme de Dieu : la femme les adore. Lettice, c'est le prénom qu'elle porte, le dévore des yeux, s'approche sans cesse de lui par-dessus les plats à moitié vides. Il ânonne l'une ou l'autre ineptie d'une voix qu'il veut inspirée mais dont il se rend compte qu'elle est pâteuse et chevrotante. La femme boit ses paroles, pendant que le mari, un homme gras affublé d'une sorte de groin très rouge et qui ne cesse d'éponger son immense front dégarni, plonge sans vergogne les yeux dans le décolleté de Jane. Marlowe frappe du poing sur la table et lui adresse un *tsst* outragé. L'homme sursaute et devient écarlate, comme un enfant pris en faute.

On jase un peu sur la construction du château de Sherborne par Walter Raleigh. Les invités n'habitent pas très loin. Marlowe se sent piquer du nez vers la nappe. Il regrette d'être descendu. Jane ne sortira pas de table. Qu'est-ce qu'il espérait ? Il aimerait dormir à présent. Dormir contre Jane. Fermez-la, hurle-t-il dans sa tête, foutez-moi le camp, foutez-moi la paix, ouste, ouste…

« Vous devriez voir ce chantier ! »

La Laitue a parlé fort. Il plaque les mains sur ses oreilles et grimace. Elle s'obstine :

« Lady Raleigh a eu l'obligeance de nous entretenir de ce projet pendant quelques instants quand nous l'avons croisée sur la route. Quelle femme exquise !

– Et divinement belle ! renchérit le mari, en bavant presque.

– Ce n'est pas faux, minaude la femme, mais s'il fallait lui trouver un défaut, je dirais… sa bouche peut-être, un peu grande… Vous savez que les Raleigh sont toujours en disgrâce ? »

Cancane donc, espèce de laideron mal baisé ! Marlowe était allé rendre visite à Walter à la Tour, où la reine l'avait fait enfermer quelque temps quand elle avait appris son mariage secret avec Bess Trockmorton. Bess est une femme captivante, espèce de moule ! Belle, brillante, cultivée, drôle, tout ce que tu n'es pas, tout ce à quoi tu ne pourras jamais prétendre, et son seul défaut n'est pas sa splendide bouche très ourlée, mais plutôt son caractère explosif et dominateur. Bien qu'aujourd'hui il n'appellerait plus cela un défaut.

Il avait jugé Bess avant de connaître Jane. À côté d'elle, la femme Raleigh n'est peut-être qu'une gentille pouliche, et non la merveilleuse harpie qui lui reste en mémoire. Il en a assez, fait mine de se lever mais un regard de Jane le cloue sur place. Lettice s'est remise à parler :

« On dit que Raleigh serait… »

Elle se penche vers Marlowe, si près qu'il peut sentir son haleine douceâtre.

« Quoi donc ? dit-il en reculant et en se bouchant le nez ostensiblement pour se protéger de ce souffle putride qui lui fait penser à celui d'un mourant.

– Eh bien, vous savez ! Il fréquente de drôles de gens, en tout cas, lui et le comte sorcier, le jeune Percy : il y a le mathématicien, là, par exemple… Harriet…

– Harriot, lâche Marlowe avec agacement.

– Il paraît qu'ils s'adonnent à la magie, à l'alchimie…

– Ils cherchent à percer les mystères de la Création », dit-il sans la regarder, fixant le mari, dont les yeux globuleux sont retombés entre les seins de Jane.

Jane attire son attention par un raclement de gorge, elle le réprimande du regard. Je t'ai vue, ma petite garce, parfaitement, mais je n'en ai rien à foutre, je dis ce que j'ai à dire, à tes amis débiles. Mais comment peux-tu supporter cet homme qui te lape des yeux ? C'est répugnant, non ? Et puis merde, j'ai faim, pas eu assez à manger. Il attrape le couteau de Walter, s'y reprend à trois fois avant de parvenir à le piquer dans un morceau de viande et commence à mâcher avec une application comique.

« Ces gens-là ont une grande influence, savez-vous, mon bon monsieur Crane, bien plus qu'on ne peut l'imaginer ! Leurs idées tentent et dévoient des natures pieuses et nobles », dit Lettice sans cesser de couver Marlowe de ses yeux couleur d'eau stagnante.

Dieu, faites qu'elle disparaisse à l'instant, que la terre s'ouvre et l'engloutisse ! Il avait oublié combien les femmes sont susceptibles de lui inspirer du mépris. Les femmes comme Lettice, qui sont légion, celles qu'il a complètement effacées de son esprit depuis qu'il vit ici. Sa fascination et son empathie toute fraîche pour la gent féminine pourraient bien fondre comme neige au soleil, balayées par la bien-pensance hypocrite de ce lamentable spécimen. Car ce sont des femmes comme elles qui jugent et dénoncent, qui médisent, colportent, assassinent des réputations, salissent des vies, qui se prennent pour le bras du dieu vengeur. La femme a soudain l'air interloqué. A-t-il parlé tout haut ? Ou est-ce la qualité hébétée de son silence éthylique qui est responsable de la sidération dans ses yeux ?

« Mon cousin est aussi incorruptible que le Christ au désert, ne vous tracassez pas pour lui ; il mène une vie d'ascète, bien au-delà de ce qu'exige son sacerdoce », intervient Jane avec une mine confite.

Lettice soupire d'aise ; son regard dégouline à présent sur Marlowe comme de la bave de limace. Il a subitement une vision du végétal en expansion dans la galerie du deuxième étage. Ça ondoie, ça se tord, ça grouille et ça s'entremêle comme des corps de damnés dans les flammes. Les pampres quittent la pierre, gagnent les lambris, le sol et descendent lentement les escaliers, s'étalent dans le hall, rampent jusqu'à la salle à manger où se tiennent les humains bavards, grimpent le long des corps, s'agrippent aux chairs et les pénètrent par les bouches, obligées de se taire, par les gorges qui ne trouvent soudain plus d'air à aspirer. L'image qui lui a procuré une plaisante diversion soporifique le révulse à présent. Il se sent mal. Il faut parler pour chasser les remontées acides, les morceaux d'animal défunt mal mâchés mélangés à l'alcool, les régurgitations de l'âme, vagues regrets, nausées de désespoir sans objet, avant-goûts de mort. Il faut parler. À sa voisine. À la Laitue à tête de poisson cruel. Que disait-elle ? Ah oui, Raleigh et

Harriot… Tiens, ma conne, je vais te faire mouiller, inonder ta chaise, et me faire plaisir par la même occasion :

« Tous des déviants ! Tous damnés ! déclare-t-il, soudain très agité. Ces Raleigh et ces Percy, ces Harriot, ces Bruno, et ce petit dramaturge à succès, là, rappelez-moi son nom… »

Il a remarqué l'imperceptible frisson de jubilation qui a parcouru le corps de Jane. Walter gigote nerveusement sur sa chaise.

« Christopher Marlowe, je crois, déclare Jane d'une voix neutre.

– Qui ? » hurle le mari.

Il a sursauté et ses bajoues se sont mises à trembloter comme un pudding. Jane fait un petit signe discret à Marlowe pour lui indiquer quelque chose. Elle tapote sa propre oreille. Oui, quoi, encore ? Est-ce que je suis sourd ? Pourquoi ? Ah, d'accord, c'est LUI qui est sourd !

« Christopher Marlowe ! répète Marlowe, beaucoup trop fort.

– N'est-ce pas l'auteur de cette affreuse pièce où il est question d'un vieux Juif ? », demande l'homme.

Walter jette un bref regard à Marlowe, qui signifie « maintenant ça suffit ». Marlowe ouvre la bouche, mais Walter l'empêche de parler.

« Absolument ! répond-il, empressé. À propos, vous avez sans doute entendu parler de…

– Chut ! Ta gueule, Walter, on s'en fout ! l'interrompt Marlowe en frappant la table du poing. Il y a bien pire que son Juif, monsieur, bien pire !

– Ah oui ? », fait la femme en mordant dans un morceau de massepain avec une langueur féroce.

C'est Jane qui répond :

« L'homme qui donne son âme au diable, le Dr Faust. »

Marlowe a la tête qui tourne, il voit plusieurs versions de la femme, de sa bouche aux dents de murène. Elle l'ouvre trop. Cinq ou six bouches qui font la ronde devant ses yeux. Elle a glapi quelque chose, mais il n'a pas compris quoi. Tais-toi, la Laitue, et les autres aussi, la ferme ! Je vais dégueuler… Il n'aurait pas dû manger le héron, c'est ça qui revient. Pourtant il avait une sensation de faim. Il n'aurait pas dû… Ne plus y penser… Jane parle encore, mais il ne perçoit que des sons distordus. Il écarquille les yeux comme si cela lui permettait de mieux entendre. Ils parlent à trois en même temps. La femme demande s'il y a encore pire que Faust. Marlowe lève la main pour faire silence. Il éructe un renvoi qui le surprend et le réjouit ; sans doute que ça ira mieux après ça.

« Édouard II, ma chère dame, le roi sodomite, finit-il par marmonner avec un air pénétré, comme s'il disait *Ego te absolvo.*

– Sodo… ? susurre-t-elle d'une voix grêle.

– Parfaitement, répond Marlowe en souriant à présent de toutes ses dents.

– Pardon ? demande le mari, qui ne comprend plus ce qui se dit.

– Mon cousin parlait du roi SO-DO-MITE », dit Jane en haussant la voix.

Walter est à la torture. Il prend son mal en patience, observe le poète qui s'essuie maladroitement les lèvres avec la nappe. Le voilà qui demande à Feargod de lui remplir un verre de vin. Le valet hésite, lance un regard affolé à Walter, qui lui fait « non » de la tête. Marlowe a un haussement d'épaules, comme si ça lui était égal, il se cale sur son siège, pose un coude sur la table, veut appuyer son menton sur sa main, mais rate la cible et manque de heurter de son front le plat devant lui. Le mari le regarde comme si Marlowe avait pissé dans son verre, ce qu'il a soudain une furieuse envie de faire. La femme semble s'émerveiller de son état, ou plutôt y puiser une espèce d'excitation libidineuse.

« Avec des… hommes ? continue-t-elle, extatique.

– Oui, chère, avec des hommes. Enfin, avec un homme, répond Marlowe, les yeux errant autour de lui, comme s'il cherchait quelque chose.

– Selon vous, quel est le plus grand pécheur, monsieur Crane, celui qui donne son âme au diable ou celui qui… ?

– Cela dé… dé… pend… »

L'élocution de Marlowe est de plus en plus malaisée, sa tête vacille en haut de sa nuque molle. Elle l'emmerde, la pisseuse, là, faudrait pas qu'elle les lui brise trop longtemps. Et pourquoi elle le bouffe des yeux comme ça ? Elle veut de la bite, encore une qui voudrait bien sa bite, mais qu'est-ce qu'elles ont ? C'est sa bite dans le cul qu'elle aimerait.

« Les voies de Dieu sont impénétrables », répond-il avec lassitude.

Jane a un éclat de rire hystérique. Lettice est complètement envoûtée. C'est très bas qu'elle lui demande encore, comme s'ils étaient seuls dans la pièce :

« Et le péché de s… entre un homme et… une femme ?

– Que dis-tu là ? » éructe le mari.

Lettice ne réagit pas, elle semble n'avoir même pas entendu. Elle enserre convulsivement des deux mains celle de Marlowe. On va se calmer ; tout doux ma dinde, ça va aller. Il retire doucement ses mains des siennes. Oh, mais l'haleine, c'est pas Dieu possible ! Tout le monde dehors, du vent, de l'air, respirer ! Et toi, ma sorcière, ma Circé, tu viens avec moi, tu viens, tu obéis, tu fais ce que je dis, au moins tu fais semblant ! On va partir d'ici, toi et moi, on va les laisser et mettre les voiles, merde ! Y a un moment où ça va bien !

Marlowe repousse Lettice alors qu'elle ne le touche même plus. Il se passe une main hagarde dans les cheveux, se lève et reste immobile de longues secondes en titubant légèrement, le visage baissé. Le silence est total. Quand il redresse la tête, il semble un peu dégrisé. Il dit d'une voix sourde, d'une traite :

« Tout ce qui a lieu entre un homme et une femme qui s'aiment est sacré. C'est la chose la plus sacrée au monde. Les amants sont les enfants chéris de Dieu. »

Marlowe regarde Jane avec une candeur triste. Une poignante lucidité point sous l'expression enfantine, une espèce de supplique ; ses paupières ont de lourds mouvements ralentis, ses narines frémissent comme celles d'un animal, sa respiration est courte.

« Tu viens ? » lui dit-il en tendant le bras vers elle.

Et elle se lève, oubliant les époux, Walter, Feargod, et tout ce qui les entoure. Elle soutient son regard, répond à son désir cru et impudique d'ivrogne, aussi palpable que la chaleur qui émane de l'âtre, que l'odeur puissante du romarin qui parsème le tapis. C'est à cet instant qu'elle comprend : il n'y a rien, rien en dehors de lui ; rien n'a la moindre importance. Elle a attendu cet homme pendant vingt-six ans. Sa vie est avec lui désormais, avec personne d'autre. Un immense soulagement a pris possession d'elle, embrase le sourire qu'elle lui offre et n'échappe à personne. Marlowe lève son verre comme pour lui porter un toast, fait mine de boire, s'aperçoit qu'il est vide, puis le repose doucement, comme s'il s'agissait d'un être vivant et fragile. Il va pour sortir, titube sur deux mètres, s'arrête. Un violent haut-le-cœur le soulève tout entier, aussitôt suivi par une gerbe d'un rouge vineux jaillissant de sa bouche. Jane se précipite vers lui, lui passe une main sur le front, dégage ses cheveux de son visage, lui chuchote quelques mots à l'oreille, le prend sous les bras et l'entraîne hors de la pièce.

*
* *

Walter a quitté son lit. Il s'est interdit cent fois de faire ce qu'il s'apprête à faire, aller jusqu'à la chambre de Marlowe, coller son oreille à la porte. Ce soir, il veut entendre, il veut savoir, comprendre le mystère de leur union. Cette flagrance qui avait éclaté la veille malgré l'ébriété de Marlowe, ou peut-être à cause d'elle, avant qu'il quitte la table, une sorte d'appétit véhément, d'abandon vertigineux, douloureux, un cri de leurs deux corps et de leurs deux âmes tout ensemble, une rafale qui avait dilaté l'espace, comme un souffle de vie à l'état pur. Un souffle divin, avait-il même pensé avant de chasser aussitôt cette idée de sa tête en se signant fébrilement et en repensant au vomissement qui avait clôturé la scène.

Cette nuit-là, il reste assis contre la porte des amants pendant de longues heures. La chambre ne résonne pas des râles de plaisir, des mots osés qu'il avait imaginés, des bruits humides de chairs en contact, de bouches qui se cherchent. La voix de Jane égrène des vers. Elle lit quelque chose. Cela ressemble à un texte de théâtre, car elle dit les noms des personnages avant chaque tirade. Il y est question de la reine, de l'attaque imminente de l'Armada. La reine qui parle avec passion, avec force et fragilité à la fois. Elle est avec Robert Dudley, qu'elle nomme chef des armées, sachant son peu de talent à la guerre. Elle le lui dit, elle lui dit exactement qu'elle sait qu'elle commet une erreur, qu'il est aussi doué pour la stratégie militaire que Pygmée pour la danse. Mais au diable la stratégie ! L'amour ne vaut-il pas mieux, l'amour n'est-il pas le garant de toutes les victoires ? Cet immense amour qu'elle éprouve pour Dudley depuis si longtemps, ce feu qu'elle a cru mort cent fois, mais qui ne se décide pas à déserter son vieux cœur. Alors oui, ce sera lui qui l'accompagnera quand elle s'adressera à ses troupes, lui qui la soutiendra, silencieux, qui sera là derrière elle, l'empêchant d'éprouver le vertige du poids de l'histoire, le doute, la crainte. Elle s'avancera, seule, dans son armure d'argent, comme toujours seule, mais le sachant là, à quelques pas, derrière elle, comme un rempart.

Walter pense à Dudley, mort cinq ans plus tôt. Élisabeth s'était enfermée pendant des jours sans manger. Leur amour avait traversé le temps, avait duré. Walter se souvient du regard que Jane lui avait offert un jour pas si lointain, dans la cuisine, un regard où il avait lu tant de choses, de la nostalgie, de la gratitude, et un sentiment qu'il ne put définir et le ramena des années en arrière, dans les landes du Yorkshire.

Il se prend à espérer encore, envers et contre tout, contre la rafale qui les a tous subjugués quelques heures plus tôt, contre ce qu'il perçoit de leur lien, dans ce lit où ils ont peut-être déjà fini de faire l'amour (sans doute cela avait-il été bref, tant le désir était impérieux, ou Marlowe était trop saoul), ce lit où il imagine Marlowe attentif aux mots de Jane, car c'est bien d'elle cette pièce qu'il entend, ce sont ses mots à elle, il le sait ; Marlowe qui écoute, concentré, dégrisé, ravi de son élève. Quand elle s'arrête, il y a un instant de silence tout chargé de l'écho des mots ; le spectre d'Élisabeth plane encore dans la pièce, Walter peut le sentir errer derrière la porte de chêne épais.

Marlowe parle, lui suggère de faire durer un peu plus longtemps le moment où Dudley, déjà souffrant, découragé, croit que la reine veut lui imposer cette lourde charge par caprice, pour le tester une ultime fois. Il faut qu'elle le retourne en douceur, qu'il se sente gagné lentement par ses raisons à elle, par cette adoration qu'il lui voue, et qui revient le frapper chaque fois comme la foudre depuis près de cinquante ans ; cette adoration qui le ferait affronter seul, vieux et malade, vingt flottes comme l'Armada.

Marlowe s'est tu. Silence. Walter imagine qu'ils se regardent. Il ne verra jamais ce regard, ne pourra que se le représenter en imagination, et pourtant il sait que jusqu'à la fin de ses jours, ce sera ce regard échangé, invisible et rêvé qui viendra le hanter. À présent c'est Jane qui parle : il manque d'années, ce Dudley-là, il manque de poids, de sa bonne mesure de substance d'homme mûr. Après tout il avait cinquante-six ans alors. L'homme qu'elle a campé est trop jeune et trop impulsif. Une enveloppe un peu vide. Elle donne raison à Marlowe : Dudley doit être las et fatigué, et ce sera déchirant ce moment entre eux, ce moment où ils voient leur vie défiler avant une bataille dont l'issue, plus qu'incertaine, changera peut-être leur destin. Elle lit encore quelques vers :

Affrontez avec moi, votre main dans la mienne,
Les revers du destin, la mort ou la victoire,
Comme au temps jadis quand, tels de jeunes soleils
Nous embrasions le monde, le tirant du sommeil
L'éclaboussions de notre amour, et de la vie
Qui triomphait en notre chair transfigurée.

Marlowe objecte que « chair transfigurée » n'est pas mal, mais peut donner lieu à une interprétation douteuse. Élisabeth ne tolérerait pas qu'on évoque une possible relation sexuelle avec Dudley ou qui que ce soit. Elle est la Virginia Regina, mariée à son peuple, et elle incarne cela encore plus intensément aujourd'hui que jamais.

Le silence de nouveau. Walter peut entendre la plume gratter le papier. Quelqu'un bouge dans le lit, Marlowe sans doute. Le grattement cesse. Froissement de tissu, gémissement de Jane. Puis la voix sourde de Marlowe, presque sur le souffle, qui dit : « Je m'en vais transfigurer ta chair, moi. » Walter se redresse, décolle son corps de la porte et rejoint sa chambre. Il n'a pas besoin d'en entendre davantage, ni les chuintements, les bruits de bouches et de peaux, les soupirs, les mots dénués de sens que l'on dit pendant l'amour et qu'il était venu glaner, comme un affamé la viande pourrie qui lui tordra les boyaux. Et d'ailleurs il n'en a cure de l'expression sonore des corps qui exultent. Ce à quoi il a assisté est bien plus invincible, plus intolérable.

Walter, cette nuit-là, fait un rêve. Il fait l'amour avec Jane. Elle est un peu absente, lui sourit avec une bonté qu'il ne lui connaît pas et qui l'exaspère. Il tente de ne plus voir son visage, ferme les yeux, et quand il les rouvre, découvre ceux de Marlowe, incandescents. Marlowe qui le caresse et l'embrasse avidement, et lui glisse à l'oreille : « Je m'en vais transfigurer ta chair… » Il s'éveille en sursaut, avec une formidable érection, et un désespoir cuisant. Il se lève, va chercher la lettre qu'il a rangée dans son cabinet, la sort du tiroir et la retourne plusieurs fois. Il avait rattrapé Feargod *in extremis*, alors qu'il se rendait au village pour l'expédier. Et depuis, elle dormait dans son tiroir secret, inoffensive. C'est juste un morceau de papier avec quelques mots, deux phrases, c'est tout. Deux phrases qui peuvent faire cesser son tourment. Deux phrases qui lui coûteront à jamais la paix de sa conscience, qui feront de sa vie un enfer. Mais ne l'est-elle pas déjà ?

18

Elle est au-dessus de lui. Le regard de Marlowe brûle à travers les lambeaux de fumée de tabac ; ses yeux partout sur elle. Ils la pénètrent, percent sa peau, y laissent une plaie qu'elle imagine comme une bouche souple et palpitante, puis se fraient un passage dans les chairs, caressent ses organes, coulent dans ses veines, lèchent ses os. Voilà un moment qu'ils ne bougent plus. Quelques secondes ? Ou bien sont-ce des minutes ? Peut-être sont-ils figés ainsi, son sexe dans le sien, depuis des éternités ? Elle aimerait que cela ne change pas. L'immobilité, l'illusion du temps suspendu. Mais son propre corps décide pour elle, ses hanches ne peuvent réprimer une très légère, infime oscillation, ses entrailles se meuvent doucement, telles des algues pressées d'enserrer le membre du nageur. Son sexe en elle s'est mis à battre à son tour comme un cœur. C'est un deuxième cœur dans son corps, qui est devenu plus vital que le premier, reçu avec la vie. Il ferme les yeux, et il fut un temps où c'était le signe qu'il tentait de l'attendre, de différer son propre plaisir. Sans doute n'a-t-il plus rien à lui donner. Ils se sont étreints tant de fois depuis le matin.

Elle bouge à présent, elle a le souffle court dans l'air confiné et humide, son cœur est fatigué, mais elle se concentre sur le plaisir qui semble s'annoncer encore une fois. Quand elle le croit sur le point de survenir, il reflue aussitôt, retourne dans les tréfonds d'elle-même, tel un animal farouche se replie dans son terrier. Elle le convoque plus fort, exige, s'efforce, s'agite, en vain. Le temps file alors que l'orgasme refuse d'advenir, les secondes courent, la vie s'écoule, s'enfuit d'eux. Jane la sent qui les frôle en s'éloignant, légère et moqueuse.

Elle cesse ses mouvements frénétiques, s'affale un peu, reprend son souffle, et voilà que Marlowe pose la main sur sa joue, en un geste d'une désarmante simplicité, presque fraternel ; la vague s'élance alors qu'elle ne l'attendait plus, le flot de lave monte à l'assaut de ses reins, submerge son ventre, atteint son cœur, ébranle l'organe épuisé jusqu'à le faire remonter aux bords de ses lèvres. Les mains de Marlowe se crispent sur ses fesses. Viens, viens, achève-moi, envoie-moi dans les espaces insensés, une bonne fois pour toutes. Parmi les sphères vivantes à jamais en mouvement, les météores, envoie-moi me dissoudre dans la grande nuit infinie et frémissante, je veux bien y croire, je veux bien, fais-moi disparaître.

*
* *

Ils ne sortent plus de la chambre. Depuis l'Assomption… La vieille servante compte sur ses doigts : ça fait six jours. En réalité, depuis que Walter est parti. Personne ne sait où et cela ne semble avoir aucune importance. Heather est autorisée à pénétrer dans la chambre deux fois par jour, pour servir et desservir, apporter des bassines d'eau. Il n'y a même plus de linge sale à emporter. Ils vivent nus, ne quittent plus le lit. Marlowe ressemble au fantôme de lui-même. Il est à présent maigre et hâve. Ses étonnants yeux noirs luisent, fiévreux, dans son visage creusé. Jane, au contraire, s'est empâtée, elle semble avoir pris de l'âge. Ses gestes sont plus lents, comme englués. Un soir, elle a rejoint Heather dans la cuisine, s'est affalée sur une chaise et a éclaté en sanglots. La vieille femme l'a prise dans ses bras, a tenu longtemps sa tête serrée contre sa poitrine, et a fini par lui chanter une chanson. Jane ne parle pas, mais Heather n'a pas besoin de l'entendre. Elle sait. Elle comprend qu'ils ont atteint un lieu lointain et obscur d'où on ne revient peut-être pas ; un lieu au-delà de l'amour et du désir, une grande plaine désolée jonchée de braises moribondes.

*
*   *

Sans paraître vaincue, elle est vaincue enfin,
Car la femme qui lutte use à peine ses forces.
Et Léandre, semblable à l'Hercule thébain,
Pénètre alors dans le jardin des Hespérides

Et goûte ce fruit d'or que nul ne peut décrire
Que celui qui le cueille ou l'arrache de l'arbre.

Le jour se lève. Sa main droite tremble, comme celle d'un vieil ivrogne. Ses yeux se troublent : les lettres se dédoublent et dansent dangereusement sur la page. Il est presque au bout. Après la première nuit d'amour, il va décrire la séparation des amants, l'attente d'une autre nuit, puis la traversée de Léandre, la lutte contre le courant, et enfin sa mort, et le suicide de Héro. Cela lui semble une tâche de titan. Le souffle lui manque pour l'accomplir. Il est semblable à un vieillard qui doit battre Atalante à la course. À un soldat en fin de vie devant une ultime bataille.

Pourquoi, au fond, raconter la suite ? Une fois que l'union est consommée, une fois le désir satisfait, une fois qu'il l'a pénétrée, baisée, fourrée, prise et reprise, qui se fout de ce qui se passe ensuite, excepté une femelle trop sentimentale qui versera une larme le soir au coin du feu, en découvrant le dénouement macabre ? S'il en avait le courage et la force, s'il en avait l'audace, il raconterait la fureur joyeuse des premiers temps, l'éblouissement qui semble ne jamais devoir cesser, puis la voracité de la chair qui se transforme en une servitude, une malédiction, quelque chose de si douloureux et implacable que l'on rêve de mourir pour y échapper ; il raconterait ce fantasme de la disparition qui se métamorphose chaque jour en désir de possession encore plus grand, absolument vain. Il raconterait cette démence qui s'empare de l'être, au point de le faire douter que toute cette folie ait un sens autre que celui, ridiculement prosaïque et ordinaire, de la vie à l'œuvre. Mais il n'en est plus capable. Il n'en voit même pas l'intérêt.

Héro voudrait que cette nuit n'ait pas de fin
Et soupire en songeant au soleil qui va naître.
Comme il lui déplairait...

Comme il lui déplairait, comme il lui déplairait que... Il va écrire une ineptie. Il ferait mieux de s'arrêter. Il souffle la chandelle, se lève, s'accoude à l'appui de fenêtre, contemple les prémices de l'aube. Ce sera un lever de soleil triomphant car le ciel est limpide. Il se retourne et observe Jane endormie, la main repliée sous le menton. Sa chair crémeuse ressemble, dans les lueurs opalescentes de l'aurore, à du marbre. Plutôt à l'albâtre tendre et translucide. Il se souvient d'un tableau aperçu dans une église des Flandres, représentant une Madone à l'enfant. Il lui semble l'avoir aperçu récemment. Était-ce en rêve ? Peu importe. Il revoit avec netteté le tableau : la lumière sourd des joues ivoirines, vibre sous les étoffes plus chatoyantes que dans le monde réel ; une lumière qui semble jaillir du fond du panneau, irradier à travers les êtres et les objets, leur conférant une présence un peu inquiétante. Il était resté là longtemps, ému, incapable de se soustraire au charme singulier de l'œuvre, à la fois irréelle et plus vivante que la vie.

Jane est parfaitement immobile. Elle pourrait aussi bien être morte. Avec sa petite main recroquevillée, blottie contre son cou, comme un écureuil au nid. On devrait enterrer les gens dans la position qu'ils prennent en dormant. Ce serait une attention touchante de la part des vivants. Un rayon de soleil franc, mince et acéré comme une lame glisse sur la jambe de Jane, illumine sa hanche et son épaule. Elle ramène le drap sur elle, dans un geste très pudique, presque virginal. Marlowe retourne à sa table et trempe sa plume.

Comme il lui déplairait que l'éclat du grand jour
Découvre les plaisirs de cette nuit bénie,
...

Nuit bénie… Leurs nuits ne le sont plus, pas plus que leurs jours. Un grand linceul semble les avoir recouverts. Depuis quand donc, ce voile sinistre sur leur vie ? Peut-être depuis le début, mais ils ne le sentaient pas peser sur leurs membres et leurs âmes. Car le bonheur furieux éclipsait tout.

Jane a accepté de quitter Walter et de suivre Marlowe où qu'il aille. Ils ont évoqué tant de lieux, tant de pays, jusqu'au Nouveau Monde. De longues soirées durant, Marlowe avait écouté Harriot et Raleigh parler de ces terres vierges de villes de pierre, de routes, de ports. Étendues de forêts traversées de fleuves paresseux, peuplées d'animaux étranges et d'hommes surprenants, accueillants et curieux, vivant presque nus, aux corps vigoureux et peints. Des hommes qui n'ont jamais entendu parler du Crucifié, du péché originel, de l'enfer ; des hommes qui croient que le monde est très vieux, que son origine se perd dans des temps presque dépourvus de mémoire. Cela l'avait envoûté, cette perception différente de l'histoire, de la place de l'homme dans la Création. Cela avait posé un baume apaisant sur son âme tourmentée, sur ce qui en lui s'épuisait à résister aux croyances imposées. Car il s'épuisait, c'était indéniable. On ne peut vivre longtemps avec le cœur sans cesse en lutte, l'esprit méfiant, aux aguets, passant de la sidération au dégoût ou à la colère. On ne vivait pas longtemps possédé par le doute, le sarcasme. Le cynique, pour survivre, doit s'isoler, mener l'existence d'un ascète. La solitude est sa seule chance de salut.

Peut-être la découverte de ce Nouveau Monde lui redonnerait-elle le désir de durer encore un peu. Il imaginait ce continent sous la forme d'une splendide et fière prêtresse d'un culte lié aux mystères de l'univers et de la vie, une femme aussi innocente qu'une très jeune fille à peine pubère, et aussi expérimentée et savante qu'une sorcière sans âge. S'enfoncer dans ses forêts, remonter ses fleuves, goûter ses fruits nouveaux, c'était pénétrer une chair inconnue, pleine de promesses et de surprises, de dangers impossibles à se représenter, c'était boire au sein d'une espèce de déesse protéiforme, qui serait toutes les déesses ensemble. C'est ce que le discours de Raleigh lui avait laissé comprendre, pas tant les mots qu'il employait, mais plutôt ce qu'il ne disait pas, ce qui émanait de tout son être et ne pouvait sans doute être formulé.

Marlowe sait qu'ils n'iront jamais là-bas. Ils se contenteront d'en rêver, rivés à ce lit, comme si des chaînes les y attachaient ; ce lit qu'il finissait par abhorrer.

Oui, elle veut partir, quitter tout et tout risquer pour lui. Mais c'est lui qui, à présent, regarde cette perspective bien en face. La fuite des amoureux lui semble stupide, digne d'une bleuette médiévale. Que feraient-ils, une fois installés ? Il irait chasser pendant qu'elle filerait sa quenouille en chantonnant une complainte de femme en hennin, attendant en haut de sa tour le retour de son chevalier pour lui annoncer qu'elle est grosse ? Un morveux hurleur leur adviendrait peut-être, et serait perpétuellement pendu à la mamelle devenue flasque et obèse.

De quoi vivraient-ils ? Il n'a pas un sou et plus aucun moyen d'en gagner. Il n'a pas la bosse des affaires comme son Barabas, aucune inclination, aucun talent pour rien d'autre que ce qu'il fait depuis toujours, écrire, encore et encore, même n'importe quoi, mais écrire et être libre.

En vérité, la vie avec elle se présente à lui comme un véritable cauchemar. Il ne supportera pas de la voir enlaidir, devenir aigre, courber le dos sous le poids de la misère, de l'opprobre. Il a bien voulu croire qu'il l'aimerait encore, même ridée, affaissée, abjecte. Mais c'est une chimère. Il ne tolérera pas plus de se voir vieillir lui-même. Cela n'a jamais fait partie de ses projets. Il ne peut pas l'emmener. La vie de Jane est avec Walter, pour le meilleur et le pire, et ce ne sera pas pire que ce que lui-même serait en mesure de lui offrir. Auprès de Walter, elle pourra écrire, fréquenter des cercles d'artistes, d'autres femmes cultivées ; elle vieillira doucement, fière de quelques poèmes, d'une pièce peut-être, elle n'aura à rougir de rien et, forte de sa splendide santé, elle mourra âgée et repue d'une vie finalement très enviable, et sans drame. Du moins tente-t-il de s'en persuader, alors qu'elle s'éveille et ouvre ses splendides yeux de félin, dont les prunelles luisent de lueurs languides et un peu féroces sous ses paupières encore mi-closes. Il détourne la tête. Il fuit le regard qu'elle pose sur lui comme sur une ville conquise, sur un cheval épuisé qu'elle a fini de dompter, sur un enfant adoré qu'elle s'apprête à dévorer. Sur un condamné.

Les dernières lignes de la première lettre qu'il lui a écrite lui reviennent en mémoire : *Je garderai à jamais le souvenir de toute cette vie qui pulse en vous et se donne sans mesure.* C'est peut-être cela, cette urgence, cet excès, cet incendie permanent en elle qui a eu raison de lui, de son rêve avec elle, de la foi qui avait fini par escorter ce rêve.

* * *

Personne n'avait été capable d'endiguer la déferlante de colère qui l'avait submergée quand elle avait constaté son départ. D'abord atone, prostrée pendant quelques secondes au milieu du hall, elle s'était ensuite transformée en un monstre de violence : les objets se fracassaient contre les murs, les meubles se soulevaient de terre et retombaient, cassés, amputés de leurs pieds ou de leurs portes. Une force surhumaine avait pris possession d'elle. Après le hall, elle s'en était prise à toutes les pièces du rez-de-chaussée, puis aux étages, pour finir par s'enfermer dans la chambre de Marlowe et ne plus en sortir. Master Jove lui-même avait pris peur et s'était enfui de la maison, suivi par le tournebroche tremblotant. Heather avait glissé la lettre sous la porte, et avait entendu le geste avide et rapide, un geste comme une respiration, avec lequel elle s'était emparée du pli. La vieille était restée près de la porte, et au bout de quelques secondes, cette chose avait jailli de Jane, ce cri rauque, funèbre, à la fois menaçant et vaincu, un cri de bête sauvage à l'agonie.

Walter a espéré ce moment bien des fois. Il l'a tout autant redouté. Il avait depuis longtemps anticipé la réaction de Jane ; il avait vu la furie s'emparer d'elle, avait presque éprouvé la douleur indicible qui faisait le siège de sa femme. Il sentait depuis quelques semaines l'éloignement de Marlowe. Quand il le croisait, il constatait en lui l'épuisement des nerfs et des sens, l'abattement de l'âme. Et Walter avait attendu, comme le chasseur qui sait sa proie blessée et guette le moment où elle sortira, sans qu'il faille la forcer, de son repaire. Il avait attendu, patient, économisant ses gestes et ses paroles, traversant sa demeure comme s'il était son propre hôte, avec une espèce de pudeur, la pudeur compatissante de celui qui erre dans une maison en deuil, ou qui assiste à une détresse qu'il ne partage pas mais respecte infiniment.

Depuis l'arrivée de Marlowe, Walter ne cessait de se retirer de la scène, refusait de faire partie de la distribution de cette pièce, d'en être un des protagonistes, dont les actes et les paroles ont la capacité d'influencer le dénouement de l'intrigue. Était-il littéralement médusé ? Le cocu consentant médusé. Walter appréciait trop le pouvoir de l'inertie pour en sortir. Il laissait Jane et Marlowe se débattre sous ses yeux avec leur fichue passion. Après tout, il n'était pas le seul lâche de l'histoire : Jane était redoutable elle aussi.

Dans un certain sens, elle le décevait. Il l'avait toujours crue capable de tout pour obtenir ce qu'elle voulait. Il l'avait aimée pour ça. Il s'était d'abord dit que Marlowe ne la méritait pas. À présent, il pensait l'inverse. Marlowe s'était révélé absolument tel qu'en lui-même, vrai, entier, courageux, empoignant la vie à bras-le-corps. Et Dieu comme Walter l'avait adoré pour ça ! Pour vouloir emmener Jane, la libérer de cette situation dégradante. Et c'est elle qui s'était accrochée à sa vie conjugale comme une sangsue au dos du malade. Il avait été partagé entre l'envie de la chasser, de lui dire de se donner toute, de cesser de craindre, et celle, qui avait triomphé, de ne rien faire et d'attendre, comme une loque. La loque aurait dû se réjouir, à présent que Marlowe avait levé l'ancre, avait emmené sa silhouette amaigrie, son incomparable amour et son désespoir ailleurs. Mais ce n'était pas le cas.

Rien ne serait plus jamais pareil désormais. Rien n'aurait plus jamais le goût de l'innocence. Car il y avait eu une forme d'innocence, au début, quand ils étaient tous trois complices, malgré la torture, presque physique, pour lui. Il s'était senti le spectateur lucide et pourtant candide. Aussi absurde que cela paraisse à présent, il avait éprouvé quelque chose de l'enfant ébloui devant le miracle de l'amour, l'amour fou, l'amour même.

Ils devraient tous deux vivre avec ça. Avec le sentiment d'avoir trahi quelque chose de sacré. Ils devraient, Jane et lui, se regarder chaque jour en mesurant la perte, en portant le poids de la trahison. Chacun se préparait à contempler en l'autre le miroir de sa propre médiocrité.

Il passe à côté de la porte de la chambre de Jane, écoute attentivement le silence. Elle a sans doute fini par s'endormir, vaincue par une veille de trois jours, sans manger, presque sans boire, à verser des larmes. Telle Élisabeth après la mort de Dudley. Il se demande si elle aussi parlait parfois seule, s'adressant au disparu ainsi que le faisait Jane, avec un ton de voix soudain naturel, comme si Marlowe était avec elle dans la chambre. Ces instants sont bien plus effrayants que les hurlements et les pleurs, que les harangues délirantes et agressives, truffées d'injures et de grossièretés.

Il se rend au jardin, s'assied sous un pommier, les mains bien à plat sur les cuisses, comme un enfant sage, pense-t-il. Les lueurs du crépuscule, les odeurs qui annoncent l'automne, la couleur des arbres, tout lui rappelle un soir de la fin août à Cambridge, alors qu'ils venaient de se retrouver entre étudiants après deux mois de séparation. C'était une telle fête ! Une grande joie qui éclatait dans la toute-puissance de leurs vingt ans. Pour donner aux retrouvailles plus de sel, ils sortirent la nuit en secret, Marlowe, lui-même et deux autres têtes brûlées, afin d'escalader un bâtiment. C'était une activité qu'ils pratiquaient parfois, les nuits de pleine lune, monter à l'assaut de l'un ou l'autre clocher ou de la porte monumentale d'un collège. Il éprouve comme autrefois l'excitation mêlée de crainte, bien vite abolie par la foi absolue dans les capacités du corps, par la certitude des gestes sûrs, par la perspective de l'ivresse des hauteurs.

Il est sur le toit du clocher de la chapelle de Saint-John, derrière le parapet de pierre ajouré, après une ascension facile, rapide, grisante. Il se retourne et tend la main à

Marlowe qui le suit. Au moment où il attrape son poignet pour l'aider à se hisser, les pieds de Marlowe glissent et il est suspendu dans le vide. Ils restent ainsi de longues secondes. C'est si lourd, ce corps au bout de son bras, il serre les dents, des larmes d'effort lui brouillent la vue, il va lâcher. Ses yeux scrutent une seconde la nuit claire, pour faire diversion, pour berner la douleur. Marlowe tente de reprendre appui avec ses pieds, en vain, et Walter lui dit : « Ne bouge pas », parce que le moindre mouvement de son ami risque de lui faire lâcher prise. L'imbécile sentimental en lui avait toujours pensé que dans une situation pareille, il tomberait avec Marlowe plutôt que de le lâcher. Mais on ne meurt pas si facilement par solidarité, ni même par amour.

C'est par le regard qu'il supporte Marlowe, ce sont uniquement ses yeux rivés aux siens qui les maintiennent tous deux dans cette position intolérable et gardent son ami en vie. Il ne peut plus supporter l'intensité de son regard, la volonté de vivre qui en jaillit, la terreur aussi. Mais il y lit autre chose, qui lui dit : « Je sais que tu y arriveras, ton bras est celui d'Hercule, ce n'est rien pour lui, pour ce bras, de soulever un homme, ce n'est rien, tu es fort et tu m'aimes. » Et Walter avait rassemblé ses forces en effet, ses grandes forces de titan, il était allé les chercher très profondément en lui, en un lieu dont il ignorait l'existence, et il avait tiré, il avait attrapé la deuxième main de Marlowe et l'avait hissé jusqu'à ce qu'il puisse prendre appui sur le rebord de pierre en contrebas. Aussitôt en sécurité derrière le parapet, Marlowe avait ri, longtemps, très fort, et l'avait embrassé à pleine bouche. Jamais Walter n'éprouverait autant de gratitude pour personne. Il remercia Marlowe en le serrant dans ses bras ; il le remercia pour ce qu'il avait lu dans ses yeux, la confiance absolue, la certitude que lui, Walter, ne faillirait pas.

L'événement s'était répandu comme une traînée de poudre dans les collèges et Walter fut traité en héros. Walter Bilbury, qui n'avait été jusque-là qu'un fils de parvenu, un peu naïf, timide, traînant aux basques de Marlowe avec la cohue de ses adorateurs serviles. Cette aventure avait fait de Walter un autre homme. À tel point que jusqu'à ce soir, Walter avait presque cru que c'était Marlowe qui lui avait sauvé la vie cette nuit-là.

19

Jane,

Je n'ai rien à te dire qui soit de nature à apaiser ta colère, ta douleur, tes regrets. Je m'en vais sur les routes, sans certitude de ne pas être foudroyé par le manque de ton merveilleux petit con, assassiné par la perspective de ne plus jamais m'y perdre. Cette idée me semble aussi absurde que celle de marcher sur l'eau. C'est parce que tu es encore là alors que j'écris ces lignes, si proche, endormie, et que je peux te toucher, te respirer, te baiser ou ne rien te faire du tout et simplement te regarder dormir, ou t'écouter parler lorsque tu t'éveilleras. Parce que tout semble possible. Mais c'est un piège, une chimère, bien sûr. Il me faut donc enfourcher ma monture et prendre le large. Je t'emprunte Phœnix, que je confierai au premier relais afin qu'on te le ramène, avec tous les égards dus à sa beauté, à sa grande bonté de cheval.

Une fois dehors, je n'aspirerai sans doute qu'à m'écrouler dans un fossé pour ne plus me relever. Mais cela aussi est peut-être illusoire, en plus d'être parfaitement ridicule. La fureur de vivre est la plus grande force en ce monde.

Je sais pourtant qu'en te quittant, j'échappe à tes sortilèges, je retombe aux mains des lois de l'univers sensible. Tu étais la garante de ma vie. Tu veillais sur mes jours et mes nuits, tu repoussais la mort, de toute la puissance de ta volonté, de toute la ferveur de ton amour.

Tu ne me pardonneras peut-être pas. Sans doute pas. Toi qui avais fini par braver tes démons pour t'abandonner toute. Je me rappelle t'avoir écrit que je n'étais pas digne de toi.

N'en veux pas à Walter. Même s'il le croit, ce n'est pas la faiblesse qui l'a retenu de me chasser ou de me tuer. Au contraire. Tu comprendras bientôt, quand les Furies t'auront laissée en paix.

Continue à écrire, ma Jane, mon buisson ardent. Laisse-toi aimer, laisse-toi posséder par la Muse. Tu n'as plus besoin de moi.

À toi,
C. M.

Elle se tient, hébétée, la lettre ouverte à la main. Elle n'a plus de larmes, plus de voix pour hurler, plus de force pour soulever des meubles, plus d'énergie pour casser des vases, plus de foi pour prier. Même plus la rage de lui en vouloir. Il l'a éteinte, il l'a soufflée comme une chandelle. C'est vide à l'intérieur. Elle déchire la lettre en minuscules morceaux, calme et appliquée, puis elle se couche en chien de fusil, remonte ses jupes et commence à se toucher en convoquant des images de lui, le nez dans les draps encore empreints de son odeur. Il lui reste quelque chose, quelque chose qu'il faut qu'elle exhorte à se manifester, vite, une dernière fois, avant que cela aussi la quitte pour de bon : elle ira débusquer le plaisir au fond d'elle, coûte que coûte, pour tromper la douleur. Jouir pour ne pas souffrir. C'est laborieux, si lent, si lent à venir, malgré les images de ses lèvres, de ses mains, du creux dans son flanc, malgré qu'elle le voie encore, comme s'il était là. L'orgasme est bref, sec, infiniment triste, et creuse encore plus profond le manque, l'évidement en elle. Une ultime crise de larmes la secoue pendant un long moment.

Pourtant, au milieu des pleurs, elle ne peut s'empêcher de sourire en se souvenant qu'il lui enjoignait de s'envoyer en l'air avec la Muse. Avait-il eu des images d'elle étreignant une belle jeune femme au corps plein, aux proportions très antiques, des visions de leurs langues mêlées, de leurs sexes l'un contre l'autre, à se frotter jusqu'à la transe ? Car c'est ainsi que font les femmes entre elles, c'est lui qui le lui a révélé. Oui, il a sans aucun doute eu cette image en esprit, et celle où, après la possession, elle se met à écrire, nue et brûlante, et les vers coulent d'elle comme sa semence de femme. C'est certainement ce qu'il a imaginé. Mais la Muse reste cachée. Sans doute Jane manque-t-elle de séduction, avec sa souffrance, son corps brusquement fondu et desséché comme une outre au soleil. En partant, il l'a dépossédée de tout. Il prétend qu'il voudrait mourir dans un fossé, comme on meurt de faim. Des mots. Il va vivre, et écrire, et jouir encore. Il va aimer ailleurs, et avec les mois et les années, elle ne sera plus pour lui qu'un visage aux contours flous, un effluve, le lointain souvenir d'un regard. Si elle pense à cela trop fort, elle pourrait en perdre la raison.

Alors elle s'accroche de toutes les forces qui lui restent à ce pressentiment qui l'a possédée la première nuit, quand ils se sont découverts : Marlowe est le don éphémère d'un dieu malicieux et cruel. Un cadeau dont la valeur est à la mesure du caractère fragile et fugace. Marlowe n'a pas d'avenir. Ni avec ni sans elle. Et cette perspective à peine formulée lui arrache un pauvre cri.

Elle n'a dès lors même pas, du fond du puits de souffrance où elle gît, à évoquer toutes les raisons qui l'auraient persuadée qu'une vie à deux aurait été indigne : l'habitude qui lie et asservit mieux que le désir, et qui finit par le chasser, la lassitude, le corps qui se dégrade, se recroqueville, craque de partout, geint, pue et exsude ; la conviction que Marlowe aurait fini par chercher d'autres sources de plaisir, avec des hommes sans aucun doute. Qu'il aurait baisé des hommes et serait revenu, repu, sans doute aviné et ventripotent, s'étendre à côté d'elle dans le noir d'une chambre triste, suant l'odeur d'autres peaux. Que cela aurait fini comme ça. Et qu'elle aurait accepté. Elle ne peut même pas apaiser un peu le chagrin en faisant défiler ce cortège de calamités ; et pourtant elle se projette, elle ne peut pas résister, elle voit la souffrance pour lui de ne plus pouvoir écrire et voir jouer ses pièces. La stérilité. Deux arbres morts, deux carcasses décharnées. C'est ce qu'ils seraient devenus. Toutes ces choses qui n'auront jamais aucun risque d'advenir. Il y aura eu ce miracle, à jamais amarré au zénith de leur vie : le grand feu de leur jeunesse au bord du déclin, la communion des âmes et des corps avant le crépuscule.

Seul au-dehors, Marlowe n'a aucune chance de vivre. Il le lui écrit avec élégance, la rend responsable de sa grâce momentanée. Elle n'a pas ce pouvoir. La Mort qui a été flouée se moque bien d'une simple femme et de son amour. La Mort aurait débusqué l'homme qu'elle aime, où qu'il soit. Il n'y a pas, il n'y a jamais eu de sortilèges, pas d'enchantement.

Jane a besoin de sortir de cette pièce où elle s'est enfermée depuis des jours. Elle étouffe subitement, l'air lui semble malsain, même l'odeur de Marlowe qui imprègne tout l'écœure. Elle la vénère, pourtant, cette odeur, elle pourrait la boire, se l'incorporer par tous les pores, la réduire en une huile qu'elle se verserait dans le corps par une large plaie, comme Médée quand elle remplaça le sang vicié du vieil Eson par ses philtres de vie.

Mais le mélange de ces effluves passés, défraîchis, et de l'air raréfié a quelque chose de putride qui lui est soudain insupportable. Elle ouvre la porte. Hésite à franchir le seuil. Elle va devoir croiser Walter. Elle sera bien obligée de lui parler, et n'en est pas capable. Une pensée s'impose à elle comme un remède à cette vie conjugale dont elle ne veut plus : elle va partir, elle aussi, prendre le chemin du Yorkshire, aller s'enfermer ailleurs, dans le château familial, ou ce qu'il en reste. C'est son frère Martin qui en a hérité et y vit avec sa femme et leurs quatre enfants. Elle jouera le rôle de la tante vieille fille qu'on héberge par charité. Soit. Forte de cette perspective, elle a le courage de descendre au rez-de-chaussée, d'affronter le regard de biais des domestiques, et tout ce qui lui rappelle son amour perdu, les tapis où il aimait à s'allonger, le bois des meubles par ses mains effleuré, les miroirs qui lui renverront son reflet lorsqu'elle y croisera son propre regard.

Walter est sorti, lui annonce Heather. Bien. Elle ne redoute plus de lui parler. Car elle a quelque chose à lui dire, à présent. Je m'en vais, Walter. J'aurais dû te quitter bien plus tôt, lorsque Marlowe me le demandait avec ferveur. J'ai trop hésité, trop attendu. Quand je me suis sentie prête, il était trop tard. J'ai manqué de foi, d'insouciance, de jeunesse. Oui, de jeunesse, ne me regarde pas avec ces yeux-là. La jeunesse a le privilège des décisions folles, des élans dangereux, échappant à toute raison, à toute sagesse. Mais il faut croire que je suis déjà vieille, ayant trop longtemps mariné dans cette vie soporifique, cette vie de mort que tu m'as offerte.

Une crampe dans son abdomen lui arrache un gémissement. Cela doit être la faim. Voilà des jours qu'elle ne se nourrit plus. Elle porte la main à son ventre, se masse, puis commence à se griffer lentement, et une nouvelle salve de larmes inonde son visage. Dieu qu'elle voudrait un enfant de lui ! Pourquoi ne l'a-t-elle pas désiré, cet enfant, quand Marlowe était auprès d'elle ? Parce qu'elle n'est qu'une ignoble créature dénaturée, un être à qui il manque l'essentiel, un être qui alimente des rêves dégoûtants : elle a le fantasme d'un garçon qui aurait ses yeux, les mêmes yeux exactement, et sa voix et ses gestes, ses mains, sa démarche, son sourire ; elle voit une réplique parfaite de lui, qui naîtrait déjà tout fini, sortirait d'elle avec des cheveux et des dents, qui marcherait et parlerait ; un petit monstre d'homme dont elle accoucherait sans douleur, un peu par surprise. Il tomberait d'elle comme un fruit arrivé à maturité, propre et souriant. Elle pourrait le contempler tout le jour et encore le veiller dans son sommeil. Elle ne cesserait pas de le regarder et n'aurait d'autre préoccupation ni d'autre pensée que lui. Il ne grandirait jamais, ne souffrirait pas, ne se plaindrait pas, se plierait sans résistance à l'adoration imbécile de cette mère aliénée.

Un rayon de soleil éclabousse le mur du couloir ; il lui a semblé voir passer l'ombre d'une silhouette mince et élancée. Elle titube, se passe la main sur les yeux, sort en courant et aperçoit les épaules larges de Walter disparaître derrière les branches des arbres fruitiers.

20

Londres était encore déserte. Enveloppé d'un grand manteau à capuche, il avait erré dans les rues vides, le long des portes marquées d'un signe, ou bien ouvertes à tous les vents, comme des gueules de masques tragiques béant sur des intérieurs silencieux, désertés de vie, jonchés de vaisselle brisée et d'objets sans valeur que les pillards avaient dédaignés. Dans une maison il aperçut le cadavre d'une petite fille de quatre ou cinq ans tenant une poupée de chiffon tout contre sa joue, avec la tendresse d'une mère pour son enfant. Il imaginait la fillette parler à sa poupée, et la rassurer alors que la mort s'annonçait. Les enfants ont cette merveilleuse générosité et ce courage sans faille : face au danger, ils s'empressent de protéger ceux qui les accompagnent. Sa sœur Anne, de six ans sa cadette, lui prenait la main quand elle savait que leur père allait les gronder, et lui disait de ne pas s'inquiéter parce qu'elle était avec lui.

Les médecins erraient par la ville, comme les figures d'un lugubre carnaval, avec leurs longues robes, leurs gants et leurs masques à bec d'oiseau. Sa chambre dans Norton Folgate était déserte. Ses livres et ses vêtements avaient disparu. Il retrouva une pile de papiers, cachée derrière la cheminée : copies de textes de penseurs divers, cernés de gribouillages de son cru, commentaires témoignant de moments d'exaltation et de réflexions intenses ; il y avait des notes éparses pour son poème, d'autres sur des sujets pressentis pour une nouvelle pièce ; il tomba aussi sur des lettres qu'il parcourut longuement, assis par terre. Il y avait celles de Watson, de l'un ou l'autre amant, deux de Nashe, une de Henry Percy, qu'il ne put s'empêcher de humer avant de la parcourir rapidement et de la froisser.

Il fit du feu dans le petit âtre et brûla le tout. Alors qu'il balayait une dernière fois la pièce du regard, il fut attiré par quelque chose de blanc dans un coin. Il s'approcha, et reconnut le mouchoir dans lequel il gardait la croix d'argent que sa mère lui avait passée au cou quelques années plus tôt, dans un accès de terreur et une volonté fébrile de le protéger de lui-même et de la colère divine. La croix d'argent avait fini dans un tiroir. Il ne s'était pas résolu à en faire cadeau à quelqu'un. Il la fourra dans sa poche. C'était tout ce qui lui restait de cette femme qu'il aimait infiniment et ne reverrait jamais.

Il n'avait pas peur d'être infecté. Ce n'était pas ainsi que la Mort devait le prendre. Son outrecuidance le fit sourire. Sa vie n'était pas une histoire imaginée pour émouvoir les foules. Il n'y avait aucune raison qu'il ne succombe pas à la mort noire, comme certains de ses amis, comme les pauvres gens de son quartier, comme les milliers de personnes dont les noms remplissaient les registres des paroisses de Londres. Mais il ne parvenait pourtant pas à craindre pour sa vie, au milieu des miasmes et de la puanteur. Il se faisait l'effet de ne pas être tout à fait incarné, pas entièrement présent dans son enveloppe corporelle ; le fantôme de lui-même, revenu sur les lieux de la vie et des plaisirs, des amitiés et des amours, du succès. Un fantôme parmi d'autres fantômes car les créatures qu'il croisait ne semblaient guère plus que lui habiter leurs carcasses avec certitude ; elles les trimballaient comme des objets encombrants. Pourquoi était-il revenu ici ? Peut-être simplement comme le chien traverse des centaines de milles pour retrouver son maître, comme l'oiseau parcourt des étendues immenses de ciel pour regagner son pays.

Il continua dans Hog Lane vers le sud, s'arrêta devant l'impasse où vivait Polly. Il s'aventura dans le goulot sombre et jonché d'ordures. La porte avait été arrachée et gisait contre le mur de la maison. Il grimpa l'escalier en colimaçon jusqu'à la chambre. Sur le lit gisait Polly. Elle tourna la tête en entendant ses pas. Son visage, grêlé de pustules, n'exprimait rien, ni peur ni surprise. Il ôta sa capuche, et alors elle sourit.

« Je dois être déjà morte, pour sûr…

– Non, Polly, c'est moi qui suis vivant », s'entendit-il répondre sans y croire.

Il s'assit auprès d'elle sur le lit et contempla son beau visage défiguré. Polly ne se mourait pas de la peste. Les espèces de bubons croûteux qui parsemaient sa peau ne ressemblaient pas à ceux laissés par la mort noire, mais plutôt par la grande vérole, à un stade avancé. Il l'avait quittée lisse et fraîche, malgré le métier, les nuits sans sommeil, les mauvais traitements. Elle avait préservé longtemps sa beauté évanescente, un peu androgyne, ses lignes tout en longueur, ses seins presque inexistants. Elle ne savait pas quel âge elle avait, mais Marlowe ne lui donnait pas plus de vingt et un ou vingt-deux ans. La main de Polly eut un élan vers la sienne, qu'elle réprima aussitôt, craignant de le dégoûter. Il l'alla rechercher, la pressa doucement, sentit la faiblesse et le froid qui engourdissaient les doigts, l'infime frémissement de la chair moribonde.

« J'savais bien que j'te reverrais. En enfer ou ici, dit-elle en souriant.

– Tu sais ce que j'en pense, de l'enfer… »

Polly sourit et se signe, sa main quitte celle de Marlowe et lui caresse les cheveux. Il ne peut réprimer un tremblement de révulsion, qu'il tente de cacher en se levant.

« De quoi as-tu besoin ? demande-t-il un peu rudement.

– J'voudrais de l'*ale.* »

Elle lui montre une cruche par terre et un gobelet d'étain près de son lit, où croupit un fond de liquide tiède. Marlowe le vide par la fenêtre et le remplit d'*ale.* Il reste debout pendant que Polly boit lentement. Quand elle a fini, elle lui tend le gobelet, qu'il garde sans savoir où le déposer. Il n'y a aucun meuble, même pas une table.

« Reste encore. Juste un peu », demande Polly, d'une voix fébrile où perce la peur.

Marlowe s'assied. Il regrette soudain d'être venu. Il n'a désespérément rien à dire à Polly. Il ne trouve aucun mot de réconfort, aucun geste. Il sait que ses paroles seront hypocrites ou cruelles. Il ne peut pas parler de Dieu ou des anges, ni du Grand Rien qui l'attend au-delà. D'ailleurs est-il si persuadé qu'il n'y ait rien, après ? Une forme de mouvement perpétuel, de transmutation de la matière en une autre, un phénomène d'une telle abstraction qu'il est déjà difficilement concevable pour les esprits habitués à la réflexion, ou hantés par la poésie. Elle l'écouterait de toute façon, subjuguée, comme chaque fois qu'il lui racontait quelque chose, l'intrigue d'une pièce, des potins, ses sentiments pour un homme, les fêtes dans les demeures de ses riches patrons ou amis. Elle écoutait tout cela avec le même intérêt, le même émerveillement ou la même compassion.

Sa respiration est devenue difficile. Il rajuste l'oreiller derrière sa tête, cherche des yeux quelque chose qu'il pourrait ajouter pour la redresser, mais il n'y a rien, pas un vêtement, pas un vieux morceau de tissu, rien, que les murs lézardés et le plafond qui menace de s'écrouler, que l'odeur doucereuse d'un corps qui meurt, et la peur, l'indicible peur qui suinte de ce corps, emplit l'espace comme une matière, dense et poisseuse, une matière que l'on voudrait empoigner et jeter par la fenêtre, comme l'*ale* ou le pot d'aisance, comme sa propre terreur devant celle de l'autre, qui vient grossir le lit de ce fleuve noir, invisible et triomphant. Jamais, même lorsqu'il sentait sa fin imminente à Deptford, même devant Greene ou Watson agonisants, n'a-t-il été autant possédé par la fascination de la mort que dans cette chambre, aux côtés de cette fille qui ne lui était pas grand-chose. Subitement, elle lui est devenue quelque chose d'extrêmement précieux, une alliée devant l'ultime mystère sur le point de se dévoiler, un être encore animé qui bientôt ne le sera plus. Elle serre sa main et fait une grimace de douleur.

« Où as-tu mal, Polly ? demande-t-il avec une curiosité trop détachée.

– Dans le ventre. Ça brûle tout partout. »

Marlowe s'en veut d'avoir posé la question dont la réponse ne lui délivrera pas l'essentiel, l'angoisse qui dépasse toute douleur. Ou peut-être se trompe-t-il ? La douleur est-elle plus forte que toute angoisse, et mobilise-t-elle l'esprit pour lutter contre l'horreur du moment fatal ? Polly se met à transpirer et à trembler mais dit qu'elle a froid. Un autre regard jeté à travers la pièce apprend à Marlowe la même chose que le précédent : rien n'est apparu entre-temps pour couvrir Polly, alors il ôte son manteau et l'en enveloppe, et il sent les membres maigres de la jeune femme s'entrechoquer dans ses bras. Les yeux de Polly se révulsent, elle s'arc-boute, il croit la perdre, mais brusquement elle retombe, molle, sur le matelas, pousse un profond soupir de soulagement. Elle ouvre les yeux et le regarde ; son teint est moins cireux.

« C'était bien ma veine que t'en pinces que pour les gars, mon Kit. »

Marlowe ouvre les lèvres, puis se ravise. Il allait lui dire qu'il aimait une femme, et que cette femme l'aimait, et qu'il était fou de bonheur, et dévasté parce qu'il ne pouvait pas continuer à pénétrer le merveilleux et insondable mystère qu'incarne cette femme, avec son âme, avec son sexe, avec son esprit. Il voudrait dire à Polly combien il se sent misérable et perdu, et pourtant fort et tout rempli de lumière, malgré la solitude, et la mort partout, la sienne qui l'appelle et dont il sent déjà le bras décharné l'enlacer avec volupté.

Dis-moi, toi, ma gentille putain syphilitique, sais-tu le vrai visage de l'amour ? Connais-tu son issue, depuis les rives de la mort où tu te trouves à présent, dans ce corps qui ne sait plus rien de la tendresse ni du désir ? Te souviens-tu de nos étreintes, tièdes et vaines ? Que de chagrin a dû emplir ton cœur blessé quand je jouissais de toi en pensant à d'autres, en te voyant à peine ? Pardonne-moi, Polly, pardonne à l'égoïste, au pauvre homme qui ne se connaissait pas lui-même, qui méprisait les charmes que tu lui offrais avec la pureté d'une jeune vierge. Pardonne-moi.

Son étonnement est grand de s'entendre prononcer les derniers mots à voix haute, et de s'apercevoir qu'il pleure. Polly se redresse pour mieux l'observer.

« Va-t'en, Kit. Sauve-toi. N'aie pas peur », ajoute-t-elle avec un accent de sollicitude qui lui déchire la poitrine.

Mais Marlowe reste prostré.

« Pars ! »

La voix de Polly a tonné avec une véhémence qu'il n'aurait pas crue possible venant de ce corps brisé. Il se souvient qu'elle n'était jamais dure que lorsqu'elle voulait le protéger. Il s'ébroue, se passe une main dans les cheveux, prend la croix d'argent dans sa poche et l'attache au cou de Polly. Elle regarde le bijou, écarquille ses paupières déformées et veut dire quelque chose ; il lui pose un doigt sur les lèvres, se lève et quitte la pièce sans se retourner. Dans quelques heures, quelques jours, une main avide arrachera le bijou du cadavre avant de le jeter dans la fosse.

Il regrette bien vite le manteau à capuche, car il commence à croiser des visages connus, dont il tente d'éviter le regard. Mais les gens sont trop préoccupés, trop las et terrifiés pour faire attention à lui. D'ailleurs, il est mort pour eux tous. Il continue son chemin vers le sud. Il veut revoir la Tamise, s'imprégner de ses odeurs de boue marécageuse, de sa couleur glauque à la tombée du jour. Il suit le vol d'une mouette entre les toits, et bientôt la voilà qui lui apparaît, la belle ondulante, tel un grand corps liquide, alangui et offert.

Le ciel bas, lourd de nuages gonflés, glisse au ras du fleuve, épouse ses courbes nonchalantes. Ils se poursuivent lentement, se frôlent et se reflètent l'un l'autre, s'épousent et se désunissent. Le cri d'un cormoran donne le signal à la brise qui se lève, emportant les nuages ; ils abandonnent le grand corps rassasié et s'enfuient vers le Kent, vers Douvres, et au-delà, vers les villes et les paysages que Marlowe ne connaîtra jamais, les pierres dorées de l'Italie, les ruines de Rome et de la Grèce, les îles blanches et pures ceintes par la mer d'un bleu si vif qu'il ne peut se le représenter, les temples où paressent des éphèbes de marbre, qui semblent attendre qu'un magicien les réveille et les rende à la vie. Watson lui avait conté les beautés de la Méditerranée, Marlowe les avait senties à portée alors, si proches.

Il finira sa vie sur son île aimée des vents, avec ses ciels barbouillés, sa langue barbare et chantante. C'est bien. Et alors qu'il respire les senteurs marines et contemple le va-et-vient des barges et des bateaux, des êtres qui s'agitent sur l'autre rive, il sent à nouveau dans ses veines le pouls impérieux de la ville. Il se souvient de la première fois où cette grande respiration s'est unie à la sienne. Il venait d'être recruté par Walsingham, qui lui avait donné rendez-vous dans sa maison de Seething Lane. Il arrivait du nord ; après avoir traversé la ville par Shoreditch et Bishopsgate, il s'était arrêté longtemps devant le pont, ivre de toute cette populace pressée, gueulante, odorante, outrageusement en vie, qui le bousculait joyeusement ou l'invectivait. Il était saoulé jusqu'aux larmes par cette masse de chair ignoble et chaleureuse qui se frottait à la sienne, et par la sensation neuve, à la fois grisante et douloureuse, d'appartenir à la race humaine. Londres lui avait donné cela : cette capacité à se fondre, à se dissoudre dans la foule de ses semblables, à accepter l'inacceptable, à voir le beau sous la saleté, le moment infime de grâce derrière l'ignominie, à ne pas mourir en dedans devant la laideur, la bêtise, ni face à ses propres iniquités. Londres lui offrait de se sentir un homme parmi les hommes. Et il avait vécu comme la ville le requérait, sans mesure, sans scrupules, il avait mordu à pleines dents dans cet animal obscène, il s'était battu, avait aimé, haï, il avait dévoré cette masse de chair qui l'avait accepté comme une partie d'elle, l'avait reconnu, adoubé, gavé, et enfin porté en triomphe comme le préféré de ses enfants.

Tout cela est-il bien fini ? La gloire, le plaisir facile, l'ivresse et l'oubli, les hurlements de la foule, les tripes nouées avant le début du spectacle, et l'excitation, montant brusquement comme un désir fulgurant, l'odeur du maquillage et de la sueur se mêlant à celle du sang des ours ou des chiens qui viennent de combattre ? Il se rappelle la première de son *Tamerlan* à La Rose ; Edward Alleyn rugissant les tirades avec une exaltation qui confinait à une forme de folie, que seuls les gens du métier savaient parfaitement contrôlée. Ses yeux lançaient des éclairs au public captif, à la fois révolté et subjugué par le conquérant sanguinaire scandant le puissant vers tonnant. Son vers blanc, libre et violent, dont Marlowe mesurait pleinement, un peu étourdi, le pouvoir sur le spectateur.

Embusqué derrière une colonne, mort de trac et imbibé d'alcool, il s'était abîmé dans le regard d'un enfant, dans ses immenses yeux limpides, miroirs éblouis où défilaient le cortège des chevaux caparaçonnés, les glaives ensanglantés, le corps radieux de Zénocrate, les têtes coupées exposées sur des piques ; il contemplait dans ces deux puits opalescents les déserts et les montagnes, les forêts et les fleuves, espaces mystérieux et démesurés empourprés du sang des vaincus, les frontières d'un empire en continuelle expansion, s'enflant comme un ventre sur le point de donner naissance à un monstre. Il avait vu des spectateurs s'évanouir, d'autres rendre leurs tripes au moment du massacre des vierges de Damas par Tamerlan. En découvrant la pièce incarnée par des êtres de chair, il prit toute la mesure de son caractère horrible, d'une cruauté rarement surpassée, sauf peut-être dans celles de Sénèque. Il s'avouait avoir pris un infini plaisir à accoucher de cette violence incandescente, mais ce qui ne cessait de l'étonner, c'était la jubilation chaque soir plus intense manifestée par la plèbe. Chaque représentation explosait en un délire de brutalité. Un soir, une femme enceinte et un jeune garçon étaient morts, fauchés par une balle tirée par un acteur possédé. Le public était revenu encore plus nombreux le lendemain, et chaque jour il fallait repousser une foule mécontente.

Ils en redemandaient encore et encore, et leur faim ne trouvait jamais d'apaisement. Car il en est ainsi du théâtre : il nourrit, sans jamais le combler, le désir le plus intime et le plus humain de tous les désirs, celui d'échapper aux limites de son étroite réalité pour être propulsé dans un monde plus fort, plus cruel et plus beau, aux côtés d'êtres qui transcendent leur humanité et la poussent à sa plus abominable ou sa plus sublime expression. Ce qui est, peut-être, à peu près la même chose.

Il n'éprouvait plus le moindre regret, à présent assis au milieu du bon peuple de Londres, de s'être soumis corps et âme à la muse du Théâtre, puisqu'elle seule lui offrait l'exultation du mendiant, du pêcheur, du livreur d'eau, du clerc, de l'avocat, du riche marchand, des prélats et des princes. Elle lui livrait ses victimes pantelantes, reconnaissantes au-delà de leur propre conscience. Car à son art, personne ne pouvait résister ; il pénétrait l'être à la manière d'un succube, et le plaisir éprouvé laissait un souvenir si inoubliable qu'on en voulait encore, toujours plus. Le pouvoir du dramaturge est immense, celui de l'imagination sans limites. Il peut créer la révolte, faire tomber les monarques de leurs trônes, détruire des empires, en bâtir de nouveaux. Il peut faire naître l'amour ou la haine, et c'est sans doute ce qui, à ses yeux, est le plus intrigant. Il se souvient d'une femme qui, après la représentation de *Tamerlan,* lui avait confié qu'elle allait s'endormir en songeant au grand chef et espérer qu'il lui fasse l'amour dans ses rêves. Mais c'est le désir, la luxure que *Tamerlan* inspirait à cette femme, pas l'amour. Les êtres qui naissent de son imaginaire malade ne suscitent pas l'amour, et ne l'éprouvent pas non plus. Seule la volonté de puissance règne sur leurs vies. Ce sont des enfants du néant.

Comme tout cela lui manque, ce grand carnaval qui l'avait sauvé de la mélancolie et de l'infinie lassitude d'exister. Il rêve que la ville soit à son avantage, là, maintenant, qu'elle le tente comme jadis, dans le regard provocant d'un jeune homme croisé au détour d'une ruelle, dans l'éclair de l'acier d'une dague au clair de lune, dans la harangue d'une poissonnière, d'une putain, d'un vendeur de bijoux trop clinquants. Il s'aperçoit que malgré la maladie qui frappe, les rives se remplissent lentement des noctambules invétérés, de ceux qui braveraient tout pour un peu de compagnie, d'alcool, de jeu et de sexe. Aucune épidémie n'a jamais réussi à décourager les Londoniens de chercher leur plaisir. Aucune menace de mort ne les priverait d'une bonne tranche de débauche. Il traverse le fleuve et achète quelques noisettes grillées et du poisson à des marchands ambulants avant de pénétrer à La Chèvre, un bouge où ils servent à bon marché du lait de dragon. Bien vite la bière forte fait son effet, l'oblige à s'asseoir à une table avec des locaux avinés et des voyageurs qui l'invitent à se joindre à leur partie de cartes.

*
* *

Le soleil n'est pas encore levé, ou alors vient-il de se coucher sur la venelle obscure jonchée d'excréments et de vomissures ? Une part de ces ordures a-t-elle jailli de son propre corps ? Depuis combien de temps est-il assis là, le dos appuyé à ce mur puant la pisse ? Il voit ses jambes inertes devant lui, dépouillées de ses bottes. Elles n'obéissent pas à sa volonté alors qu'il tente de les mettre en mouvement. Il a chaud, horriblement chaud et soif. La main qu'il passe sur son visage est maculée de sang. Le sien, sans doute. Mais où est la blessure ? Il cherche des yeux, se tâte. Il a trouvé. Son aine gauche saigne abondamment. Et quand il la touche la douleur se réveille, atroce au point de lui faire vomir une bile jaune et âcre. Une fois le haut-le-cœur passé, son premier réflexe est de se tâter la verge et les testicules pour s'assurer qu'ils sont indemnes. Il découvre encore d'autres blessures sur son corps, une plaie sur le sein droit et dans le cou, probablement infligées par une longue dague basilaire. Il croit entendre des voix mais il n'y a personne dans la rue. Du moins d'après ce qu'il est capable de distinguer, car sa vue périphérique a fortement baissé. Il tente de se souvenir, en vain. Il est capable de retrouver le moment où il s'est assis sur la berge à contempler le fleuve, celui où il est entré à La Chèvre, les trois grandes pintes de bière avalées d'une traite, et puis plus rien.

Il lui semble éprouver le tissu de son haut-de-chausses imbibé de sang chaud contre sa cuisse. Et cette sensation le rassure stupidement, presque autant que la découverte de son sexe intact. Il a complètement perdu la notion du temps. L'inertie de ses membres, l'engourdissement progressif de ses sens doivent en être partiellement responsables. Un homme pénètre dans la venelle. Il a l'air tracassé, passe devant Marlowe sans le voir. En quelques enjambées, il a disparu. Il y a trop de malades dans les maisons, trop de cadavres partout. Rien ne permettait sans doute à cet homme de prendre conscience que Marlowe était vivant, sauf peut-être une ultime lueur dans ses yeux, qui aurait nécessité pour être remarquée un peu d'attention, un minimum de curiosité de la part du passant, et sans doute plus de lumière. Ce n'est pas grave. Il ne faut pas lutter. Ce n'est plus le moment. Il ferme les yeux et le visage de Jane lui apparaît, il est aussi proche, aussi vibrant de vie que si elle était près de lui. Mais n'est-ce pas le cas ? Ne se pourrait-il qu'elle l'ait rejoint, qu'elle l'ait cherché partout dans la ville malade et l'ait enfin trouvé dans cette ruelle ?

Il craint d'ouvrir les yeux de nouveau et de perdre l'image de la jeune femme. Mais une part de lui espère encore la voir en chair et en os, là devant lui, et sentir le contact de sa main fraîche sur son front brûlant. Il respire profondément, ouvre le regard. Il n'y a personne à ses côtés, il est seul dans ce lieu anonyme où il n'a jamais mis les pieds auparavant, un lieu dépourvu du moindre intérêt, du moindre charme, même pas assez sinistre, assez dangereux et sombre à son goût. Il n'aurait jamais choisi cette impasse pour y attirer une conquête. Jamais il n'aurait cédé aux avances d'un homme ici, ne se serait laissé caresser contre ce mur... À l'instant où il énonce cela dans sa tête, un doute s'empare de lui. Il remue sous le coup de l'émotion provoquée par le souvenir brutalement ravivé, et ce mouvement lui arrache un cri de douleur. Il s'aperçoit que sa jambe baigne à présent dans une mare de sang. Et la vision s'impose à lui, ou plutôt une perception où dominent les sons et les caresses. L'homme halète contre son cou, pendant que lui-même le masturbe. Et puis c'est l'autre qui lui empoigne la verge, se baisse et la prend dans sa bouche. Le moment de l'orgasme est accompagné d'un déchirement atroce, d'un véritable supplice à l'intérieur de son aine. Une lame s'enfonce dans sa chair. Il s'affale contre le mur, l'homme lui lacère encore le torse et érafle sa nuque. Puis il se redresse, regarde un instant sa victime, égaré, comme désolé, et Marlowe se rappelle qu'il l'a vraiment trouvé beau alors, juste avant qu'il fouille ses vêtements, s'empare du peu d'argent qui s'y trouve avec un soupir de dépit. Avant qu'il lui ôte ses bottes et son pourpoint. Marlowe a ri, et l'autre lui a donné des coups de pied, mais Marlowe riait encore, et les pieds défonçaient ses côtes et ses reins, des gerbes de sang lui sortaient de la bouche, et même l'une ou l'autre dent, mais rien ne pouvait arrêter son rire. Il priait pour que l'autre lui assène le coup de grâce afin de faire cesser cette hilarité inextinguible.

Et cette prière fut exaucée, car une ultime frappe l'avait privé de conscience. Mais pas de la vie. Elle s'accroche à lui comme une mendiante un jour de disette. Il est si fatigué, pourtant. Il sombre parfois dans une torpeur moite avant de revenir, triste et déçu, à une implacable pleine conscience, un état de lucidité absolue comme il n'en a jamais connu. Une sorte de veille qui serait celle d'une divinité qui voit sans filtre, appréhende sans état d'âme, constate avec la plus dure impartialité. Et c'est sa vie qu'il contemple ainsi, de très loin. Sa vie qui lui paraît inepte, vaine, absurdement courte.

Il revoit Frizer, ses beaux yeux de Judas qui le lacèrent de désir et de haine. Marlowe sait à présent. Il accepte la minable petite vérité toute nue : Frizer n’était mandaté par personne, n’avait rien prévu en lui donnant rendez-vous chez la veuve Bull, excepté la baise. Il voulait juste une bonne tranche de baise entre hommes. Rien de plus ou de moins. Les deux autres, Poley et Skeres, avaient été conviés pour la ripaille du lendemain, et puis l’ambiance avait tourné vinaigre, voilà tout. Parce que Marlowe avait été odieux, comme toujours. Il aurait pu simplement refuser de payer l’addition et s’en aller, seul, rentrer à Londres, ou à Scadbury. Mais non, il avait fallu qu’il fasse siffler sa langue vipérine, qu’il les provoque, l’un après l’autre, qu’il les tourne en ridicule, les humilie, comme il le faisait avec Walter, avec Kyd, avec Percy, Harvey, Baines, et Nashe, Polly, avec sa propre mère, ses sœurs, et même avec Watson.

Il pousse les gens à bout au point qu’il leur prend l’envie de lui passer une lame au travers du corps ; ils n’aspirent plus qu’à une chose : que Marlowe se taise à jamais. S’est-il moqué de ce jeune gars qui lui suçait la queue en même temps qu’il l’assassinait ? Est-ce à cause d’un de ses quolibets que cet homme a décidé de le tuer et de le dépouiller ? Il est regrettable que son dernier orgasme soit associé au goût du sang et de la mort. Mais est-ce vraiment regrettable ? Et en quoi le serait-ce, au fond ? Il y a une splendide logique à l’œuvre derrière tout ça. Il a encore l’odeur de la salive de son meurtrier sur les joues, qui vient rôder près de ses narines quand il bouge la tête. Il ne sait si cela lui plaît ou le dégoûte. Un air de flûte s'échappe d'une maison, Marlowe pousse un cri, auquel répond un vieux chien à la voix éraillée.

Lorsqu'il sombre dans le sommeil, surgissent des visions de l'âge d'or : sous un soleil altier, un bambin court dans un pré, au bord d'une falaise de craie. Il rit, exulte de gaieté dans le vent frais et les cris des mouettes. Mais bientôt apparaît un géant nu, une immense, terrible et splendide créature, au sexe turgescent, qui en deux enjambées a rejoint le garçon. Celui-ci court entre les jambes monstrueuses, mais il n'est pas assez rapide pour échapper au colosse qui brandit son membre obscène au-dessus du petit, le secoue jusqu'à ce qu'en jaillisse une gerbe de foutre brûlant. Des coulées de cette lave rouge comme le sang inondent l'enfant, se déversent dans sa bouche, emplissent chacun de ses orifices, l'enveloppent d'une gangue luisante, lisse et pourpre, qui le fige en pleine course. Mais bientôt, au milieu des herbes balayées par le vent, ce n'est plus un petit d'homme qui gît, pétrifié, sous la semence minéralisée, mais un adolescent aux proportions parfaites. Il n'est plus dans le mouvement arrêté de la fuite, mais simplement debout, nonchalamment déhanché, le bras levé comme s'il hélait quelqu'un, ou tenait quelque chose. Il a la bouche entrouverte et les yeux mi-clos, et, sous le fin glacis devenu presque translucide, ses traits expriment une extase profonde, qui commencerait seulement à affleurer la peau. Marlowe s'approche de la statue, et alors la gangue de semence solide se fend et laisse apparaître le visage de Jane, lui aussi pris dans une enveloppe écarlate, diaphane et lustrée. Ses yeux sont vides, ou peut-être infiniment lointains.

Marlowe prend la tête dans ses mains, l'embrasse et tente de la faire venir à la vie, en vain.

Au réveil, son visage est trempé. Les larmes de son rêve se mêlent à la pluie qui tombe dru. Il constate que le bas de son corps est devenu complètement insensible, depuis les hanches jusqu'aux pieds. On pourrait lui scier les jambes, les brûler sans qu'il en souffre. Il en a la certitude. Il claque des dents et ne peut rien contre cet état de fait.

Dans la rue au bout de la venelle, il voit passer une charrette tirée par un cheval ; s'y amoncellent des cadavres de pestiférés, que l'on déversera dans une fosse remplie de chaux, par-dessus d'autres morts. Il ira bientôt rejoindre tous ces corps. Cela ne lui plaît pas beaucoup. Il aurait préféré un petit chez soi, où il pourrait pourrir en paix, sans que sa chair se mêle à d'autres qu'il n'a pas choisies. Car ce n'est pas tant la promiscuité qui le tracasse, mais bien que ces ultimes compagnons lui soient imposés. Se décomposer entre amis ou bien seul et en toute tranquillité, voilà ce qu'il souhaiterait. Et rêver aussi, peut-être. Car il faut bien que l'esprit s'active encore un peu, il faut bien que quelque chose persiste, sinon quoi ? Rien qu'un petit, un tout petit mouvement de l'âme, un dernier élan, aussi léger, infime et dérisoire qu'un rêve. Il se représente le monde comme un vaste espace où la matière est sans cesse traversée, enveloppée, nourrie, investie par la non-matière, par des souffles, des volontés, des désirs et des peurs, des songes. Il se plaît à croire que ceux des vivants se tissent à ceux des morts. Ils s'entremêlent, s'étendent tels des voiles de brume en une invisible sarabande, qui ondule dans l'univers comme une ronde d'enfants dans une cour d'école.

Une comptine lui revient. Mais il ne se souvient que de l'air, pas des paroles. C'est une mélodie lancinante et triste, qui une fois en tête ne vous quitte plus. Il la chantait à sa sœur Anne pour l'endormir. Il aimait être à son chevet, c'était un des rares moments où il se sentait tout à fait calme ; il pouvait y rester des heures, à la veiller et à chanter pour elle. Il était plutôt doué, une qualité nécessaire pour entrer à la King's School de Canterbury. Vous pouviez être bête comme un coffre, n'avoir qu'une moitié de cerveau, mais chanter faux vous fermait irrémédiablement les portes de cet établissement qui prétendait faire de vous un esprit éclairé. Alors ils chantaient, de l'aube au crépuscule, ils chantaient, ils s'époumonaient dans le froid, dans la nuit, dans la nuit de leur esprit à peine éveillé, avec leurs voix malmenées par l'humidité et la fatigue. Ils chantaient à la gloire de Dieu. Lui pensait déjà à autre chose. Ou à rien. Car c'était un des rares moments où il pouvait reposer son esprit perpétuellement en ébullition.

Il avait aimé ces instants de communion dans la musique. Il les avait attendus chaque jour avec une impatience de tous ses sens, une faim de l'âme qui confinait parfois à une douloureuse fureur. Ce chœur lui offrait de se donner sans réserve, de se perdre dans quelque chose de plus grand, de plus puissant, de bien plus mystérieux que l'ensemble des êtres qui le composaient. Incapable de distinguer sa propre voix de celles des autres chanteurs, il n'existait plus que comme élément indistinct de cette vaste masse charnelle vibrante et immobile, tendue à l'extrême dans une quête ultime, merveilleuse et pourtant indicible, dont l'objet reste absolument inconnaissable. Il n'avait plus jamais rien vécu de semblable. Jusqu'à Jane.

Jane ! Il a crié son nom. Et la voilà devant lui. C'est bien elle là, à genoux ; elle lève la main, la pose sur son front. Elle le caresse un instant, puis descend le long de la joue, du cou, se pose sur sa poitrine, il éprouve la bonté de ce poids chaud sur son cœur, qui aussitôt ralentit sa course effrénée. Il dit « couche-toi sur moi », mais il lui semble qu'elle hésite, qu'elle craint de lui faire mal. Il insiste, ouvre grand les bras. Il peut encore étreindre son corps menu et tonique, recevoir son âme forte, sa grande joie et ses souffrances, ses rêves de femme, ses élans d'artiste. Il ne la quittera plus. Ou bien ne le fera que dans ses songes à elle, pour aller se perdre sur les routes d'un Orient idéal, dans les steppes de son imagination amoureuse et inquiète. Viens donc, ma belle garce, allons viens, je veux sentir ta tête trop bien faite peser sur ma poitrine, tes seins arrogants sur mon ventre. Je peux encore te porter, sais-tu ? Je peux encore supporter le poids de ton inextinguible désir, de ton vaste et prodigieux amour. « Souris, ô ma maîtresse, à l'amant qui jure d'être à jamais ton esclave ! »

Elle s'est blottie dans ses bras. Il caresse ses cheveux, les respire, mais il ne reconnaît pas leur odeur. Il prend la petite main posée sur sa poitrine, la porte à ses lèvres. Soudain révulsé par la sécheresse de la peau, par l'aspect osseux de cette main, il la repousse. Ce n'est pas elle ! Ce n'est pas Jane qui repose là. Il hurle, et la chose vivante et hirsute couchée sur lui se redresse brusquement, crie à son tour. Qui es-tu ?! Silence. C'est une fillette, qui tremble dans des hardes dégoûtantes ; ses yeux trop grands le fixent avec terreur et effarement. Puis son regard s'apaise, redevient sensé. Il est surpris d'y découvrir autre chose que de la pitié. Il y a aussi une implacable ironie dans ces yeux. Ils lui disent : « Allons, Marlowe, tu savais tout ceci. Ne fais pas semblant. » Alors il rit doucement. Elle ne doit pas avoir plus de douze ou treize ans. Lentement elle approche la main de sa bouche, il la laisse faire. Son doigt maigre se pose sur ses lèvres, pour lui intimer de se taire, pour le calmer, lui signifier que plus rien ne sert à rien, qu'il est inutile de se débattre, de vouloir encore. Et soudain il a atrocement besoin de son corps malingre et sale contre le sien, il n'a plus que ce pauvre désir-là, ce désir d'elle, chaste et fraternel.

Elle l'observe en silence, puis revient lover sa silhouette grêle contre lui ; elle se ramasse comme un chaton tremblant de froid. Une voix aigre de vieille femme résonne dans le lointain. Dans l'échancrure de ciel entre les murs décrépis, les étoiles pulsent doucement comme autant de cœurs blancs et froids. Il referme ses bras sur la fille. Elle semble s'être endormie. Il aimerait qu'elle veille avec lui. Reste encore un peu. Ne m'abandonne pas ô fillette, ne m'abandonne pas maintenant ! Le visage du Christ lui apparaît ; il sourit tristement et se met à pleurer du sang. Marlowe le chasse d'un brusque geste du bras ; il ne sait si c'est la douleur provoquée par le mouvement, ou bien le beau visage livide couronné d'épines qui lui arrache un sanglot. Cette vision lui fait l'effet du diable au désert. Il ne faut pas céder maintenant. Ce serait si bête ! Après avoir résisté si longtemps. Va-t'en, avec ta gueule de souffre-douleur suffisant, ton regard dégoulinant de pitié, ton air de dire : « Ah, si tu me donnais ton âme, maintenant…

comme tu souffrirais moins, comme tu te sentirais le cœur plus léger. Je peux apaiser ta peur, je ne peux pas la faire disparaître entièrement, car il en est ainsi de la créature humaine, le doute s'y accroche jusqu'au dernier soupir. J'ai vaincu la mort, ne le sais-tu pas ? Accepte enfin cette vérité. Et toi aussi tu peux la vaincre, la vaincre vraiment, dans ta chair et dans ton âme, pas seulement grâce à tes efforts de plumitif prétentieux, à tes scribouillages obscènes. » Il serre la gosse plus fort, enfouit son visage dans sa chevelure noire et crasseuse. Laisse-moi, je ne veux pas de toi ! Je savais que tu tenterais de me baiser au moins une fois. Déguerpis !

La voix de sa mère chasse la vision du Crucifié. Elle appelle son fils, par-delà le vent et les cris des mouettes. Il faut rentrer, c'est l'heure. L'heure où le froid descend sur les campagnes délaissées par le soleil d'automne, l'heure pour les cloches de la cathédrale de sonner l'angélus du soir. Le feu des chandelles vacille derrière les carreaux des fenêtres dans les rues calmes. Il croise des visages qui lui sourient, l'invitent à venir se réchauffer à l'intérieur des maisons. Il aimerait prendre cette main tendue et suivre cette silhouette qu'il ne connaît pas, s'asseoir près du foyer, mais il ne peut pas, vraiment. Il ne fait que passer.

La nuit est noire à présent. Plus d'étoiles au ciel. Une brume épaisse s'est levée qui dissimule toute chose à son regard, jusqu'au corps de la fille qui dort dans ses bras. Est-il devenu aveugle ? Revoici une voix, pas celle qui hélait son nom dans le crépuscule ; celle-ci est rauque et asexuée, elle marmonne à l'intérieur de son crâne :

Dans le sous-bois obscur
De l'eau suinte
Une eau triste et croupissante
Une flaque de boue noirâtre
Déversoir des Enfers…

De quel bois parle-t-elle ? Il a oublié d'où viennent ces mots anciens. Il fait glacial tout à coup. La voix, encore, dans un murmure :

Et le jour ne vient jamais dissiper la peur
Là-bas c'est toujours la nuit
Même en plein midi
En pleine lumière…

Le silence qui suit est sans appel. Il préfère l'affreux chœur au néant. Parle encore ! Mais la voix a disparu. Il empoigne convulsivement la fille, qui conserve une immobilité de poupée. Il se signe et prie : apparais, mon buisson ardent, et éclaire ma nuit ! Il aurait voulu être saisi d'une dernière vision d'elle, une ultime apparition. N'est-il pas le créateur inspiré, le maître incontesté des tableaux vivants, plus vivants que la vie ? Mais son esprit est devenu un désert, ses sens ont perdu la mémoire. Rien ne surgit, aucune image, pas même une infime réminiscence, le souvenir de sa peau, l'écho lointain de sa voix. Jane n'est plus qu'une idée, une certitude sans visage. Il est seul, face à l'espace infini de la voûte céleste, à la profondeur impitoyable du silence astral. Une ultime pulsion de vie fait tressaillir sa main, se dresser son sexe contre sa cuisse.

Épilogue

Monsieur Marlowe,

Échouée sur le lit de cette chambre trop vaste, j'attends que le soleil perde un peu de sa force pour sortir et affronter la fin du jour. Ces maisons romaines sont en tous points dépourvues du confort des nôtres. Il leur manque ce caractère douillet et chaleureux des habitations anglaises. Tout ici est d'un raffinement froid ; c'est un style qui convient bien au climat, à la lumière crue, sublime, presque féroce. Ce soir, j'irai de nouveau traîner par les rues, accompagnée de la soubrette muette qu'on m'a donnée pour chaperon. Ma vieille Heather n'a plus l'âge de trotter pendant des heures. Et que pourrait-elle faire pour me protéger, à part souffler comme une chatte en colère ? La muette, nommée Carla, est taillée comme un homme. Un homme épais et sans grâce, aux traits butés. C'est une méchante brute en jupons. Figure-toi que je l'ai vue porter seule une grosse crédence en bois de chêne sur son dos de colosse. Mais nul doute que sa mine de cerbère, bien plus que la puissance de ses muscles, découragerait le plus hardi des coupe-jarrets, le rustre ivre de désir. Je suis donc bien gardée car en plus de sa force, elle nourrit pour moi un dévouement qui confine à l'adoration. Sans elle, je me serais fait violer plusieurs fois au fond des venelles. Parfois, je regrette qu'elle soit là, car j'aspire à n'être qu'un morceau de chair, vase à foutre, jeté après l'usage, le crâne fracassé. Mais l'envie m'en passe assez vite. Comme tu me le disais souvent, j'entretiens avec la vie des liens puissants et mystérieux qui m'échappent.

Après ma promenade du soir, je vais m'asseoir sur la margelle de la fontaine qui occupe la petite place où se trouve la maison que j'habite. J'échange quelques mots avec le vieillard qui joue de la vielle ; je le comprends assez bien et lui réponds comme je peux, avec mes rudiments d'italien, de français, mon latin, et surtout mes mains. Carla est toujours plantée derrière moi sur ses énormes jambes écartées, l'expression parfaitement vide, comme si on lui avait brusquement retiré le cerveau du crâne. Elle s'anime tout aussi soudainement quand je me lève pour rentrer. Je soupe souvent de pâtes agrémentées de toutes sortes de sauces, dont ma préférée est à base d'herbes diverses, d'amandes et de vinaigre. Je raffole aussi de ce fromage de brebis qu'on fait ici, jaune, salé et un peu crayeux. Si tu me voyais aujourd'hui, je ne suis pas certaine que tu voudrais de moi. J'ai tant grossi que ma chair déborde en paquets gras entre les lacets du corset ; il faut le serrer à outrance pour faire entrer mon buste dans mes robes. Je m'en fiche. La nourriture est la seule chose qui me procure encore un plaisir innocent, dépourvu de souffrance. Je mange tout le temps, même la nuit. Je note les recettes, dans la perspective où je reviendrais jamais en Angleterre.

Ce voyage n'atténue en rien la douleur de t'avoir perdu, ne comble pas le manque. Qu'avais-je rêvé ? Que tu m'apparaîtrais sur le bord d'un chemin bordé de pins, dans la tiédeur du soir, à l'heure où, dans ces régions du Sud, les ombres surgissent brusquement et se découpent avec une douloureuse précision contre le ciel mauve ? Avais-je imaginé que je reconnaîtrais parmi elles ta chère silhouette, vive et légère, glissant à mes côtés pour un brin de conduite, dans la nuit qui descend ? J'ai senti cette forme de présence spectrale et crépusculaire, une fois, et depuis je ne cesse de la traquer. C'était à l'aube, sur le sentier de la falaise. Je me suis figée, retenant mon souffle, me suis assise et j'ai attendu, face à l'océan qui grondait. Rien ne s'était passé, hormis ceci, cette implacable certitude qui était venue se graver dans mon âme et dans ma chair : tu étais mort. Tu avais cessé d'être, à cet instant précis où j'ai cru te sentir à mes côtés. C'était une semaine après ton départ. J'ai alors pris la décision de partir pour Rome au printemps.

Walter n'a pas tenté de m'en dissuader. Ton absence l'a plongé dans un état atone. Il est indifférent à tout, même à ses affaires. Lorsque je lui ai annoncé que je partais, il a haussé les épaules en souriant et m'a prise dans ses bras. Il a simplement dit : « Je m'y attendais, mais j'avais plutôt envisagé quelque chose de plus septentrional… Et moins lointain. » Il a organisé mon voyage et mon séjour à Rome, chez une de ses relations d'affaires. Voilà quatre mois que je vis ici.

Le signore Veditti m'a accueillie avec bienveillance, mais sans enthousiasme. Il a deux fils, Giacomo et Sandro, beaux garçons de vingt et vingt-trois ans. Sandro est de taille moyenne, très mince et nerveux, l'œil sombre, ombrageux et réservé, animé d'un humour cruel. Giacomo, l'aîné, est grand, sain et bien fait, le visage racé et intelligent, auréolé d'une abondante chevelure noire. C'est un homme joyeux au charme facile, complètement dépourvu de mystère. C'est Sandro que tu aurais aimé. C'est Sandro qui rejoint parfois ma couche, me prend dans la moiteur des nuits, alors que les chats feulent dans le lointain. Son timbre de voix est semblable au tien et souvent, dans le noir, je lui demande de me parler à l'oreille. Je jouis violemment, mais ensuite un désespoir incommensurable m'envahit, et je pleure comme la Madeleine.

Je rêve souvent que tu es allongé près de moi. Tu es endormi, je te pousse, je te fais rouler sur le ventre et je te pénètre. Non pas avec mes doigts, mais avec le sexe d'homme que je possède. Je ne m'en étonne pas, il m'est aussi naturel, dans ce rêve, d'être pourvue d'une verge que de mes seins. Je vais et je viens entre tes fesses, et j'enfouis mon visage dans ton cou, derrière ton oreille, dans tes cheveux ; il n'y a jamais d'orgasme pour moi, seulement pour toi, et cela m'emplit d'un bonheur ineffable. Au réveil, je suis accablée de honte ; je me gifle sous l'œil navré du Christ écartelé au-dessus de mon lit. Tu es mort, ta chair pourrit dans un trou quelque part, peut-être dans une fosse au milieu d'autres cadavres, et moi je rêve que je te fais l'amour comme si j'étais un homme. Tu trouverais sans aucun doute une explication à ce songe récurrent, tu m'éclairerais et je me sentirais beaucoup moins misérable. Tu transfigurais ma vie. Tu rachetais mes péchés. Tu étais la liberté faite homme. Sans toi, je lutte chaque jour contre la honte, contre la crainte de l'enfer, de moi-même et des autres.

Mais je ne cesse pas pour autant de folâtrer avec les Muses, sais-tu, monsieur Marlowe ? La pièce sur Élisabeth est terminée. J'en ai commencé une autre ; c'est une comédie. En voici l'intrigue : Liana est promise au comte Girolo, mais il ne lui plaît pas et elle décide d'échapper à ce mariage forcé en se faisant passer pour un homme ; elle devient le jeune et fringant Benedetto, voyageur fortuné, poète à ses heures, libre et grand amateur de plaisirs. Il se lie d'amitié avec le comte, et réussit à le convaincre que la femme qu'il convoite n'est pas pour lui, qu'elle est bigote, prude et sèche, sous ses dehors engageants. Benedetto tente de mettre une autre femme dans les bras du comte, une certaine Pamphilia, servante qu'il déguise en femme du monde, mais c'est de Benedetto que cette jeune personne s'éprend. Le comte Girolo lui aussi tombe éperdument amoureux de Benedetto. Je ne sais pas encore comment tout cela va finir. Une chose me semble certaine : Liana sera libre et solitaire, affirmant sa volonté de le rester. Qu'est-ce qui ne va pas chez moi ? Je rêve que j'ai une verge, et ne suis capable de raconter que des histoires de vieilles filles.

Mes personnages s'inspirent des gens que je rencontre, que j'observe dans les rues, au théâtre et aux rares fêtes où je me rends. Des êtres enjoués, séducteurs, animés d'une grâce un peu vaine et irrésistible, passionnés de parures, parfois préoccupés jusqu'à l'obsession par leur apparence et le cas que l'on fait d'eux. On dit que les Anglais sont d'une coquetterie outrancière. Les Romains sont bien pires. Il y a de la gaieté à Rome, une véritable joie d'exister qui confine à la frénésie. Tempérée par une crainte de Dieu et de l'enfer, à la mesure des plaisirs et des perversions destinés à vous y envoyer. Comme tu aimerais cette ville !

C'est un immense tombeau, en vérité. Un champ de ruines gigantesque, entre lesquelles se lovent des pâtés de maisons qui semblent s'excuser d'exister. J'aime errer à la vêprée, dans l'attente de voir se dresser l'ombre d'une colonnade ou d'une arche, parfois même une statue amputée, terrible et triste. Ces vestiges semblent témoigner d'une Antiquité plus ancienne que la Rome des césars ; d'un temps et d'un espace mythiques, peuplés de dieux primordiaux, d'êtres fantastiques, neufs et violents. On dirait la vaste scène délabrée du monde des origines, où nous nous agitons à présent, lointains et pathétiques rejetons de ces races disparues.

Ces ruines luttent pour s'extirper de la terre qui les retient prisonnières, et qui semble destinée à les enfouir à jamais. J'ai découvert un pied en marbre qui affleurait le sol, derrière une église en construction. Un pied droit, probablement masculin, monumental, nerveux et gorgé de vie. Je l'ai fait emporter et laver. Il trône devant ma cheminée.

Walter m'écrit, et je lui réponds. Je sais qu'il m'attend. Il ne le dit pas, je crois qu'il n'en est même pas conscient, mais je le sens. Je ne peux pas retourner auprès de lui. De quoi aurions-nous l'air ? Des officiants d'un culte dédié à ta personne, confits d'amour et de désir frustré, ruminant le passé. Un tableau mortifère qui ne te ressemble pas. Walter t'a aimé bien plus qu'il n'est capable de l'accepter. Je voudrais pouvoir l'affranchir de son remords et de son sentiment d'indignité. Mais ce n'est pas en mon pouvoir. Je pense parfois à tous les êtres, hommes et femmes, vieux et jeunes, qui ont croisé ta route et se sont réchauffés à ton âme libre, sauvage et désenchantée, et t'ont donné de la joie et du plaisir. J'éprouve pour ces gens que je ne connais pas un poignant sentiment de fraternité.

Les rayons du soleil ont enfin déserté la fenêtre de ma chambre. Il est temps de sortir de ma tanière. Je m'en irai dans les ténèbres qui montent. Je cesserai de te chercher, d'attendre que tu te manifestes sous une forme invisible. Sans doute dois-je accepter enfin que tu aies disparu de cette réalité qui est encore la mienne, et que ce que tu fus – ton être de chair et d'esprit – ait entamé sa mystérieuse métamorphose et son retour vers l'âme du monde. Je t'entends me dire : « Va et vis, rejoins Sandro, aime, jouis, écris, mange, retourne dans le Nord, si c'est là que ton cœur t'emporte. »

J'ai laissé à Walter ton poème inachevé. Il s'occupera de le faire publier.

Je crois aujourd'hui que c'était ton choix de ne pas donner de fin à cette histoire d'amour et de mort. Qui devient une histoire d'amour et de vie, à jamais suspendue au bord d'une aube nouvelle.

Bon voyage, monsieur Marlowe.

À toi,
Jane

L'auteur a bénéficié pour la rédaction de ce livre
d'une résidence d'écriture à la Villa Marguerite Yourcenar
et d'une bourse du conseil départemental du Nord.

MIXTE
Papier issu de sources responsables
FSC® C003309
FSC
www.fsc.org

Les papiers utilisés dans cet ouvrage
sont issus de forêts responsablement gérées.

Cet ouvrage a été achevé d'imprimer sur Roto-Page
par l'Imprimerie Floch (Mayenne) en mai 2019.
Dépôt légal : août 2019
N° d'édition : 6226 – N° d'impression : 94400
ISBN : 978-2-7491-6226-3
Imprimé en France